다시, 스침들

다시,
스침돌

김연경
장편소설

차 례

1장

스침들

차가 식었군,
난 왜 침대에서 일어났을까?
아침 비에 창문이 희뿌예져
아무것도 보이지 않아,
보이면 뭘 해, 흐리기만 할걸
하지만 벽에 걸린 당신의 사진,
이것도 별로 나쁘지 않아,
별로 나쁘지 않아.
—다이도, 「고마워」

모비딕의 역사

모비딕. 허먼 멜빌의 장편소설 제목이자 에이허브 선장의 다리를 우걱 씹어 꿀꺽 삼켜버린 흰고래의 이름이다. 지금은 사라지고 없는 B동의 대로변, 구청 맞은편에 있는 커피숍의 이름이기도 하다. 실제로 '모비딕' 안에는 『모비딕』이 있다. 검은 표지에 두툼한 중량감이 돋보이는 펭귄클래식 원본인데, 실은 진짜 책이 아니라 책 모양의 목제 장식품이다. 그 옆에 꽂혀 있거나 주변에 얹혀 있는 하루키와 코엘료의 소설, 『꽃보다 남자』, 『십팔사략』, 『헌터 X헌터』 같은 만화는 모두 진짜 책이다. 커피숍 입구의 좌우, 유리벽 앞의 높은 탁자 위에는 더러 잡지도 보인다. 커피 관련 잡지인데 대단한 성의를 발휘하여 무성의의 느낌을 주도록 배치되었다. 오른쪽 유리벽 앞, 허브 화분 다섯 개가 올망졸망 정겹다. 로즈마리, 라벤더, 페퍼민트, 카모마일, 장미허브. 평일과 주말, 밤과 낮, 번갈아가며 '모비딕'을 지키는 사람도 다섯 명이다. 그들을 건너뛰어 그들이 번갈아가며 돌보는 더치커피 기구로 가자.

　맨 위쪽에 찬물을 붓고 그 밑의 통에 곱게 빻아 적당한 압력으로 다진 커피 가루를 넣는다. 찬물이 담긴 깔때기 모양의 유리통과 더치커피가 담길 엉덩이가 넙적하고 둥근 유리통 사이, 링거 같은 장치가 물의 속도를 조절한다. 처음에는 1분에 50방울 정도 떨어지도록 한다. 원두가 좀 불면 1분에 2, 30방울 정도로 맞춘다. 물방울이 천천히 떨어져 원두 가루 속으로 스며든다. 가느다란 목을 쓰다듬으며 방울방울 떨어진 커피 물이 내장처럼 꾸불꾸불한 유리관을 몇 바퀴씩 천천히 돈다. 그 한 방울이 무척 아섭고 또 아깝다. 어느덧 둥그스름한 유리병으로 진입한 방울들은 커피색 게거품처럼 보글댄다. 그 게거품이 다시 뭉쳐져 눈물방울처럼 뚝뚝 떨어지고 그때마다 커피 웅덩이에 파문이 인다. 유리병에 1리터 남짓한 커피가 고이기까지 열 시간 가까이 걸린다. 원두 가루가 물을 머금는 시간이 길어질수록 커피는 더 진해진다. 찬물에 우려낸 커피 방울이 잘록한 허리와 풍만한 둔부를 자랑하는 유리병을 채우는 시간. '모비딕'의 시간이다. 벚꽃이 떨어지는 속도, 초속 5센티미터 같다.

'모비딕'의 주인은 거대한 향유고래와 달리 체구가 왜소하다. 그리고 왜소함을 부각시키려고 작정한 듯 헐렁한 청바지만 입는다. 연한 청색에서 짙은 청색, 회색과 검은색에 이르기까지 색깔도 다양하고 명도, 채도, 워싱 정도, 스티치 방식도 각양각색이지만 뒷주머니에 버젓이 붙은 상표는 항상 CK이다. 상의는 색깔, 길이, 두께, 네크라인의 차이는 있으나 전부 티셔츠 아니면 남방이다. 티셔츠는 대부분 그림이 들어가 있고 남방은 단색보다는 하우스체크, 글렌체크, 깅엄체크 등 체크무늬가 많다. 하나같이 청바지와 잘 어울릴뿐더러 청바지를 돋보이게 한다. 얼핏 후줄근하고 심드렁해 보이지만 그 나름의 엄정한 원칙에 따라 조합된 차림새이다.

청바지. 이건 사춘기 시절 그의 꿈, 소위 장래 희망이었다. 청바지, 그것도 새것이 아니라 오래오래 입어서 물도 빠지고 바지 밑단도, 이음새도 닳아빠진 낡은 청바지 같은 삶. 가령, 창고처럼 천장이 높고 넓게 확 뚫렸으되 입구를 제외하면 사방이 다 막힌 공간에 자기가 좋아하는 모든 것을 쓰레기처럼 널어놓고 또 쌓아놓은 채 진정한 보헤미안처럼 사는 것이다. 나이가 더 들자 꿈의 풍경도 바뀌었다. 빛바랜 청바지와 창고도 좋지만 우선은 가게를 하나 열자. 그런데 무슨 가게? 세 개의 선택지가 나왔다. 하나는 찻집 혹은 커피숍, 또 하나는 레코드 가게, 또 하나는 서점이었다.

꿈이 아직 꿈이었을 무렵, 그가 살던 달동네에서 기찻길을 건너 아랫동네로 내려가면 레코드 가게가 하나 있었다. 소년 모비딕은 곧잘 그곳에 들러 카세트테이프를 샀다. 비발디의 「사계」, 쇼팽의 야상곡 모음, 차이코프스키의 피아노협주곡, 모차르트의 관현악협주곡 같은 것이었다. 하지만 좀더 달뜨는 일은 다른 것이었다. 라디오에서 영화음악이나 클래식음악 프로그램을 듣다가 마음에 드는 곡이 나오면 이름을 적어두었다가 레코드 가게로 가져갔다. 돈을 내면 공테이프에 녹음을 해주었다. 소년 모비딕의 주머니 사정으로는 버거운 금액이었지만 조만간 꺾어질 십대의 절정, 그는 이 열락을 포기하지 못했다.

어쩌면 모든 것이 레코드 가게의 주인아저씨에게서 시작되었으리라. 소년 모비딕은 그가 좋았다. 여자처럼 가

날픈 몸에 쌍꺼풀이 짙게 진 크고 긴 눈, 가늘고 오뚝한 콧날, 동양인답지 않게 평평한 뺨과 날렵한 턱선…… 미술실에 전시된 석고상처럼 고혹적인 얼굴형과 이목구비였다. 오드 아이는 아니었지만 어딘가 데이비드 보위 같은 신비스러운 매력도 풍겼다. 음악과 미술, 클래식과 석고상이 모두 그곳에 있었다.

그날도 소년 모비딕은 녹음을 맡긴 카세트테이프를 찾기 위해 레코드 가게에 갔다. 계산대가 비어 있었다. 그는 계산대 뒤쪽을 기웃거리며 인기척을 냈다. 주인아저씨가 나왔다. 그의 뒤로 가게와 방을 갈라놓은 문이 빠끔히 열려 있고 방 안이 보였다. 레코드판과 테이프가 가득함에도 정리정돈이 잘된 깔끔한 가게와 달리 방 안은 비좁고 너저분했다. 밥상이 차려져 있고 신김치와 된장찌개, 비릿한 고등어 냄새가 진동했다. 짜리몽땅하고 못생긴 여자가 한쪽 무릎을 세운 채 방바닥에 퍼질러 앉아 있고 하나같이 엄마를 빼다 박아 울퉁불퉁, 심술궂게 생긴 아들딸이 콧물을 훌쩍이고 쩝쩝 소리를 내고 있었다. 한 녀석은 손으로 음식을 집어먹고 그 손으로 콧구멍을 후벼 파더니 코딱지를 눈 깜짝할 새 벽에다 발라버렸다. 모든 것이 레코드 가게와 주인아저씨의 분위기와는 너무 달랐다.

"녹음 맡긴 거 찾으러 왔는데요……"

"잠깐만요."

이렇게 말하는 주인아저씨의 입에서는 맛이 너무 든 총각김치 냄새가 확 풍겼다.

잠시 뒤, 다시 방 안으로 들어갔다가 나온 주인아저씨가 카세트테이프를 내밀었다. 케이스 안에는 엄선된 곡과 작곡자의 이름이 날렵하면서도 세련된 필체로 적혀 있었다. 「소녀의 기도」, 「작은 소야곡」, 「아드린느를 위한 발라드」, 파헬벨의 「캐논 변주곡」…… 소년 모비딕은 여느 때와 다름없이 잔금을 치르고 돌아섰다.

레코드 가게 안의 풍경과 그 너머 방 안의 풍경. 쉬어터진 총각김치 냄새를 풍기는 고혹적인 석고 조각상. 소년 모비딕은 희끄무레한 정신의 혼돈을 경험했다. 레코드 가게의 유리문이 닫힌 뒤에도 조금 전까지 들리던 귀에 익은 멜로디는 사라지지 않았다. 기찻길을 건너 달동네의 집까지 올라온 다음에야 곡명이 생각났다. 흔하디흔한 비발디의 「사계」 중 「봄」이었다. 그때 레코드 가게를 열자는 꿈이 접혔다.

서점의 꿈을 접은 것은 좀더 이후 대학 다닐 때였다. 청년 모비딕은 대학가 서점에서 아르바이트를 했다. 매일매일, 하루 종일 책을 나르고 꽂고 빼고 만지고 정리했다.

이상하게도, 책과 부대끼는 시간이 많을수록 정작 책 속을 들여다보는 시간은 줄어들었다. 책의 향기보다 종이와 먼지와 곰팡이 냄새와 싸우는 시간이 더 많았다. 서적상이 웬만한 작가나 학자보다 더 박식하다니, 정녕 딴 나라 얘기였다. 하루 종일 몇십 권, 때론 백 권 이상의 책을 정리하고 나면 삭신이 쑤셨고 '책'이라는 청각영상만 떠올려도 혐오감과 공포감이 밀려왔다. 급기야 책이 그의 악몽의 주인공이 되기에 이르렀다.

꿈속의 그는 한 평 남짓한 방에서 모로 누워 곤한 잠을 자고 있었다. 갑자기 벽과 한몸이 된 서가가 앞으로 기울어지면서 빼곡히 들어차 있던 책이 그를 덮쳤다. 두툼한 『자본』의 모서리가 제일 먼저 떨어져 그의 척추 아랫부분을 툭 쳤다. 소프트커버여서 충격과 통증은 별로 크지 않았지만 잠이 확 달아났다. 저도 모르게 벌떡 일어났고 그 찰나 『이방인』의 모서리가 그의 접힌 몸의 정중앙, 생식기에 떨어졌다. 짧고도 격한 비명을 내지르며 고개를 뒤로 젖히는 순간, 『존재와 시간』이 날을 세워 목젖이 보일 것 같은 그의 목 위로 떨어졌다. 참수가 완료되자 책들이 그의 머리통과 몸통 위로 와르르 쏟아졌고 그는 그대로 책 밑에 매장되었다. 꿈속의 그의 삶은 여기서 끝나지 않았다.

꿈의 후반부에서 그는 책의 칼날에 댕강 잘린 목을 천연덕스레 다시 붙인 채 지옥살이를 하고 있었다. 그의 등짝(그것은 무한대로 넓고 두툼했다!)에는 니체 전집, 프로이트 전집, 카뮈 전집, 이상 전집을 비롯하여 각종 세계문학 전집, 각종 한국문학 전집이 얹혀 있었다. 그리고 그의 양손(이 역시 무한대로 컸다!)에는 그가 사놓고, 혹은 빌려놓고 읽지 않은 각종 책들이 들려 있었다. 이 벌이 영겁의 세월에 걸쳐 지속되었다. 그는 책을 몸에 붙인 채 정작 읽지는 못하는 만성 고통에 길들어져 갔다.

한없이 둔중한 와중에 갑자기 뭔가 저릿하고도 찌릿한 느낌. 요의와 변의를 동시에 느끼며 그는 정신을 차렸다. 눈을 뜨기도 전에 요란한 선풍기 소리가 귀를 때렸고 온몸을 적셔놓은 끈적끈적한 땀의 촉감과 냄새가 감지되었다. 일순간 불쾌지수가 어마무시하게 치솟았다. 눈을 떴다. 사지와 몸통을 괴롭힌 묵직한 압통의 진앙은 한쪽 벽에 세워둔 서랍장 위에 얹어놓은 겨울 이불, 그리고 세간 살이 몇 개였다. 괜찮아, 사장이 되면 괜찮을 거야. 이런 생각을 하며 그는 공동욕실 겸 화장실로 달려갔다. 찬물에 땀이 씻겨 내려가면서 정신이 명료해졌다. 과연? 회의가 들었다. 사장이란 항상 하얀 목장갑을 끼고 책 상자를 나르거나 맨손으로 주판을 튕기며 장부를 정리하는 자가 아닌가. 글쎄. 청년 모비딕은 고개를 내저었다. 마음속에 열어두었던 서점 문도 영영 꼭 닫혔다.

　청년 모비딕은 어느덧 졸업했고 덜컥 취직이 됐다. 이후 십 년 남짓 그는 커피숍을 점점 더 아스라이 멀어져가는 황금시대의 여운인 양 그리워했다. 레코드 가게나 서점과는 달리 그것을 직접 경험해보지 못해 환멸을 느낄 기회도 없었던 탓이다.

　2010년 이른봄, 그는 커피숍을 열었다. 소위 창업보다 팬티처럼 수시로 갈아치워온 직장을 때려치운 것이 더 기뻤다. 꼭두각시 같은 회사원 딱지를 떼고 패기만만하고 자유로운 사업가로 거듭난다? 천만에. 하나의 시류에서 또 다른 시류로 옮겨가며 영원히 시류에 편승하는 인생을 연장하고 그렇게 연명하는 것일 따름이었다. 게다가 커피야말로 진정한 시류 편승이었다. 그럼에도 그의 기쁨은 전혀 상처 받지 않았다.

　커피와 허브티에 덧붙여 레코드 가게의 음악과 서점의 책이 모두 있다. 어릴 적에 꿈꾼 거대한 창고는 아니지만 자그마한 창고도 좋다. 자, 끝으로, 부르면 꽃이 될 그것, 이름을 붙이자. 받침은 있어도 좋고 없어도 좋다. 하지만 세 글자가 어딘가 안정감 있다. 가급적 군더더기나 찌꺼기가 없는 학자가 어떨까. 파스칼, 가우스, 플라톤, 장영실, 정약용, 박지원 등이 물망에 올랐다. 그러나 쟁쟁한 철학자와 수학자와 과학자를 제치고 그의 페르소나가 된 자는 보다시피 하얗고 거대한 향유고래 모비딕이었다.

청바지를 입은 장년 모비딕이 계산대 앞에 서 있는 일은 드물다. 그는 대개 카페 한쪽에 자리 잡고 앉아 책을 읽는다. 책은 독서대 위에 정갈하게 펼쳐져 있고 읽다 만 페이지에는 책갈피가 다소곳이 꽂혀 있다. 책을 펼쳐놓고도 읽기보다는 자폐아처럼 그냥 시선만 던져놓기 일쑤다. 숫제 펼쳐진 책의 활자 너머로 멍하니 창밖만 보기도 한다. 그 순간이 너무 아늑하고 따사로워 입술이 절로 벌어지고 금방 침이라도 흘러내릴 기세다. 하지만 그렇게 보일 뿐, 실상 그의 신경망은 온통 '모비딕'과 커피와 그 커피를 마시는 사람들에게 뻗어 있다.

그에게 인간은 커피를 마시는 인간이다. 고로 인간은 그가 마시는 커피의 종류에 따라 분류, 정리된다. 아메리카노 연하게, 아메리카노 샷 추가, 카페라테, 바닐라라테, 모카라테, 헤이즐넛라테, 캐러멜 마키아토, 더치커피, 더치바닐라, 에스프레소, 에스프레소 콘파냐, 모비딕 블렌드, 드립커피, 그중에서도 원두에 따라 탄자니아, 케냐,

에티오피아, 브라질…… 카페 한구석에 앉아 자기가 만든 커피와 그것을 마시는 인간의 반응을 무심한 척, 그러나 실상은 무척 예민하게 느끼는 장년 모비딕은, 소극장의 관객석 어딘가에 앉아 자신의 연극과 그것을 관람하는 관객의 반응을 온몸으로 느끼는 연출가나 극작가와 비슷할 법하다.

스침들

아침 8시, '모비딕'의 문이 열린다. 장년 모비딕이 커피숍 위층의 오피스텔에서 아침잠에 빠져 있을 때 김건우가 나타난다. 그의 시간표는 철저히 시계를 따른다. 그는 소설가를 꿈꾸는 시인이지만 그에 앞서 '모비딕' 앞 구청에서 근무하는 공익요원이기 때문이다. 그의 메뉴는 샷을 하나만 넣은 연한 아메리카노 테이크아웃. 얼굴은 세상에서 '나인 투 식스'의 삶보다 더 폭력적인 것은 없다는 듯 항상 시무룩하고 퉁명스럽다. 주문한 음료를 기다리는 동안 그의 시선은 진짜 책이 아닌 책 모양의 목제 장식품에 꽂혀 있다. 디킨스의 『황폐한 집』 원서이다. 언젠가 꼭 읽어보고 싶던 책이다. 그 기억이 살아나자마자 주문한 음료가 나온다.

뜨거운 아메리카노를 손에 들고 '모비딕'을 나선다. 온 거리가 벌써부터 푹푹 찌건만 한낮에는 더 후텁지근할 것이라고 협박하는 한여름의 아침이다. 김건우는 이를 간다. 『황폐한 집』을 읽지 못하는 것도 한심한 공무에 파묻힌 출퇴근의 생활 탓이다.

'이 짓만 끝나면 진짜로 장편소설을 쓰는 거다! 에잇!'

이렇게 되뇔 때 그는 이미 구청 안으로 들어선다. 수년째 구상 중인 장편소설이 어느덧 탈고를 거쳐 책의 모양새를 갖추고 증쇄를 거듭하고 청탁이 쇄도하고 문학상을 타고…… 망상이 이 지경에 이르자 자신의 진짜 꿈이 소설 자체인지 그것을 둘러싼 기호인지 헷갈린다. 에잇. 아무렴 어떠냐. 이런 아늑한 생각이 드는 것은 막 목구멍의 한 고비를 넘기고 있는 커피 한 모금 덕분이다.

한산한 가운데 '모비딕'의 시계가 11시를 넘긴다. 이소율이 '모비딕'의 문을 열고 안으로 들어선다. 세 돌이 가까워지는 첫째는 어린이집에, 보름 전에 태어난 둘째는 산후조리사에게 맡겨놓았다. 그녀의 메뉴는 카페인 함량이 적다고 알려졌으나 실제로는 각성 효과가 에스프레소보다도 더 큰 것 같은 더치커피. 그것도 바닐라 시럽과 우유와 얼음을 가득 넣은 더치라테이다. 산후조리원을 나온 직후에 제일 먼저 한 일도 '모비딕'에 와서 더치라테를 마시는 것이었다. 단, 지금은 이가 시려 얼음은 뺀다.

"얼음은 빼고요?"

아침에 '모비딕'을 지키는 유서정의 질문은 직업적인 것이지만 그 나름의 성심성의가 있다. 서른이 얼마 남지 않은 여자가 으레 갖게 마련인 의문도 생긴다. 순산했을까. 이렇게 외출해도 될까. 더 근본적인 질문은 이렇다. 아이를 별로 좋아하지도 않는 것 같은데 왜 둘째까지 낳았을까.

유서정이 속으로 이런 물음을 지워가는 사이 이소율은 커피를 들고 유리벽 앞자리로 향한다. 그녀의 뒤태에는 절대 고독과 침묵을 향한 열망이 서려 있다. 더치라테의 첫 모금. 얼음을 뺐음에도 충분히 시원하고 달콤할뿐더러 가벼운 도수의 알코올음료 같은 더치 특유의 알싸하고 알딸딸한 느낌도 있다. 이소율이 '모비딕'에 머무는 시간은 오늘도 변함없이 삼십 분 남짓이다. 미혼의 유서정에게는 하루 24시간을 채우는 연속의 한 결절에 불과한 이 시간이 그녀에게는 너무나 소중하다. 그동안만 이소율은 순전히 암컷, 덧붙여 누구 엄마도, 누구 아내도, 뭣도 아닌 그냥 '나'일 수 있다.

이소율이 '모비딕'에 머무는 동안 장년 모비딕이 슬금슬금 잠에서 깨어난다. 몽롱한 상태로 샤워를 하고 옷을 주워 입고 그러는 동안에도 여전히 계속되는 것 같은 꿈의 여운을 즐긴다. 매일 그토록 많은 잠 속에서 그토록 많은 꿈을 꾸는데, 매일 똑같은 그 꿈이 왠지 매일 다른 것 같다는 착각이 바닐라 시럽처럼 달콤하면서도 헤이즐넛 시럽처럼 고소하다. 반면, 위층의 원룸에서 1층의 커피숍으로 출근하여 맨 먼저 마시는 에스프레소는 지독히 쓰다. 정신을 번쩍 들게 하는 그 쓴맛을, 진한 커피 원액 위에 뿔 모양으로 봉긋 얹혀 있는 생크림을 떠먹으며 지워본다. 막 빠져나온 꿈의 세계가 에스프레소 콘파냐 속에서 허덕인다.

모비딕이 카페인의 힘을 빌려 완전히 정신을 차릴 무렵, 변동림이 출근한다. 그녀는 번역가이지만 공익근무 중인 김건우 못지않게 엄격한 시간표에 따라 살고, 평생 이렇게 흘러갈 이 생활을 그와는 달리 마지못해 사랑한다. 8시 50분 기상, 샤워, 간단한 아침, 11시부터 11시 50분까지 요가, 동네 반 바퀴, 12시 15분경 점심, 동네 한 바퀴, 그리고 보다시피 '모비딕'.

변동림의 메뉴는 헤이즐넛 시럽과 얼음이 잔뜩 들어간 헤이즐넛라테이다. 그녀의 스마트폰에 카드 결제 메시지가 찍힌 시각은 오후 1시 7분. 노트북의 전원이 켜지고 도톰한 원서가 펼쳐진다. 아직 초벌 번역이라 사전도 없이 오직 번역 대본과 자신이 채워야 하는 하얀 화면만 본다. 작품을 읽어가는 시간, 작품과 친해지는 시간이기도 하다.

변동림은 세 시간 가까이 번역에 열중한다. 이 책, 한마디로 지랄이다. 어떻게 좀 해보려고 작가에게 편지를 보낸 지 한 달은 족히 넘었지만 오늘도 답장은 없다. 무더위가 절정을 넘기자 변동림은 커피숍을 나간다. 3시 44분. 그녀는 옆의 일식라면집에서 점심을 먹고 나온 장년 모비딕과 마주친다. 서로 목례조차 주고받지 않지만 영락없는 바통터치이다. 장년 모비딕은 헤이즐넛라테가 오늘도 출석부 도장을 찍었음을 확인하고는 흐뭇해한다.

그즈음 두툼한 잠바로 몸을 감싼 정은희가 커피숍 안으로 들어온다. 오랜만이다. 장년 모비딕은 기억을 더듬는다. 지난 5월쯤에 본 것이 마지막이었나 싶다. 정은희는 그때처럼 호리호리한 몸에 예쁘장한 얼굴, 다소곳한 몸가짐이지만 좀 수척해진 것도 같다. 무슨 영문인지 손에는 땟물이 잔뜩 밴 너구리 봉제 인형이 들려 있다. 무엇보다도 엽기인 것은 이 삼복더위에 그녀의 몸을 파묻은, 인조털이 덕지덕지 붙은 싸구려 겨울 잠바이다. 정은희는 어딘가 불안한 듯 멍한 눈을 두리번거리며 계산대 쪽으로 다가가 천천히, 조용히 입을 뗀다.

"커―피('비이'처럼 들린다)―주―세―요."

정은희는 자신의 입 밖으로 나간 말들이 하나하나 공기 중으로 흩어지는 것을 본다. 그제야 이것이 무척 그리운 말이었음을 실감한다. 꼭 이 말을 하기 위해 다시 이곳을 찾아온 것 같다.

"어떤 걸로 드릴까요?"

유서정의 사무적인 질문에 정은희는 당황한다.

"저―어, 저―어―기……"

좀처럼 말이 나오지 않아 울음이라도 터뜨릴 기세이다. 그때 막 화장실을 다녀온 장년 모비딕이 정은희를 알아본다. 그는 지난 5월 그녀의 몸이 예사롭지 않은 상태임을 알아챘고 그 향방과 귀추가 궁금했던 참이다. 그것은 굶주린 호기심이나 남아도는 동정심의 발로가 아니라 투철한 직업의식과 최소치의 측은지심의 소산이었다. 정은희가 처음 이곳을 드나들던 작년 가을쯤부터 생겨난 감정이었다.

장년 모비딕은 계산대로 달려가며 유서정에게 캐러멜 마키아토를 한 잔 타주라고 한다. 정은희는 꼬깃꼬깃 접힌 천 원짜리 세 장과 백 원짜리 동전 다섯 개를 내놓는다. 그녀에겐 세상의 커피는 캐러멜 마키아토만 있고 가격은 3천5백 원이고 계산 방법은 항상 현금이다. 현금영수증은 필요 없다.

진한 카멜색 커피를 덮은 하얀 우유 포말 위에 그려진 격자무늬의 캐러멜 시럽. 따뜻한 머그잔을 두 손으로 받아든 채 정은희는 허브 화분이 있는 탁자 옆에 놓인 나지막한 탁자 앞에 앉는다. 창 옆이라 바깥 풍경이 잘 보인다. 뜨거운 햇볕을 묵묵히 받아내는 아스팔트, 녹아내릴 듯 달구어진 버스와 자동차, 불쾌한 김을 뿜어내는 축 처진 행인들, 버스 정류장 옆의 악취를 풍기는 쓰레기통, 금연령에도 불구하고 구석진 곳 어딘가에서 연신 풍겨 나오는 담배 연기…… 에어컨 바람이 시원하지만 그녀의 잠바 차림은 어딘가 얄궂고 서글프다. 겨드랑이며 앙가슴이며 몸 구석구석이 땀에 젖었고 두 손도 끈적끈적하다. 그럼에도 손을 데우는 머그잔의 온기를 잃고 싶지 않아 한동안은 마냥 쥐고만 있다. 온기가 조금 사라지자 그제야 입을 머그잔으로 가져간다. 캐러멜이 들어간 따뜻하고 달콤한 커피가 혀를 녹인다. 달콤하다, 아주 달콤하다!

"커—피—주—세—요"라는 말만큼이나 그리웠던 뭔가가 이것이었나 보다.

정은희는 포근한 햇살 세례를 받는 뜨락의 고양이처럼 배시시, 화사한 미소를 짓는다. 그 미소를 배경으로 눈물방울이 더치커피 방울처럼 뚝뚝 떨어져 얼룩진다. 정은희는 두 손으로 머그잔을 더 움켜쥐며 몸을 웅크리듯 숙인다. 머그잔을 품에 안으려는 기세이다.

그때 키가 무척 크고 몸집이 두툼한, 얼굴 역시 큼직하고 울퉁불퉁한 모과를 연상시키는 은희정이 '모비딕' 옆을 지나간다. 이 동네를 구석구석 돌며 커피숍과 패스트푸드점을 섭렵하는 것이 그녀의 일과이다. 유리벽을 사이에 두고 두 여자의 시선이 마주친다. 둘 사이에는 아나그램이 만들어낸 이름의 유사성 말고도 정신연령과 지능 수준의 유사성이 있다. 은희정은 커피숍 안으로 들어서지는 않되 얼굴은 계속 유리벽에 고정한 채 가던 길을 간다. 정은희 역시 계속 한자리에 머물러 있다. 여전히 머그잔을 껴안고 창밖에 시선을 고정시켜놓은 채로.

장년 모비딕은 계산대 앞에 쌓아놓은 원두 깡통을 연다. 조그만 저울과 계량컵 용도의 종이컵이 옆에 준비되어 있다. 큼직한 깡통이 2층으로 쌓여 있다. 깡통의 뚜껑

을 열어 커피콩을 꺼낸 다음 종이컵으로 퍼서 비닐봉지에
담는다. 어떤 봉지에는 한 종류의 커피콩만 들어가고, 어
떤 봉지에는 각기 다른 종류의 커피콩이 특정한 비율로
둘씩, 셋씩 섞인다. 그 내용을 비닐봉지에 매직으로 써둔
다. 한 번의 작업이 끝날 때마다 깡통 뚜껑을 닫고 잠그고
쌓는 일이 반복된다.

그동안 그의 허리는 몇 번이나 접혔다 펴지지만 둥글게
말리거나 구부러지는 일은 한 번도 없다. 그는 등을 빳빳
이 편 채로 서서히 구부려 90도로 만들고 두 다리는 골반
너비, 소위 11자로 벌리고 엄지발가락이 서로 나란히 놓
이도록 한다. 서서 하는 전굴자세의 첫 단계이다. 허리를
접은 자세로 앉았다가 작업을 끝내고 일어나면 얼굴이 발
갛게 상기돼 있다. 커피콩 깡통이 어지간히 무겁다. 힘겨
운 작업 끝에 채워진 열 개 남짓한 봉지를 밀봉하지 않은
채로 양손에 쥐고 계산대 뒤를 지나 부엌으로 간다.

그러는 사이 정은희는 또 어디론가 사라지고 그 자리를
이제 막 퇴근한 김건우가 차지한다. 지난 주말, 꼬인 위
장을 풀려고 혈관주사를 맞은 다음부터 며칠째 속이 편치
않다. 저녁은 죽으로 때운다. 남은 뱃속은 커피로 채운다.
이번에도 연하고 묽은 아메리카노. 볶은 보리와 옥수수를

같이 끓인 구수한 맛이다. 김건우는 커피 한 모금을 들이켜며 시선을 창밖으로 던져놓는다.

마침 정류장에 정차했던 공항버스와 시내버스가 연이어 지나가버리자 저쪽 길 건너편, 구청 앞의 조그만 시멘트 공터가 한눈에 들어온다. 멍하니 발걸음을 옮기는 정은희가 보인다. 팔다리는 물론 목덜미와 가슴팍도 훤히 드러낸 사람들 틈에서 두툼하고 헐렁한 잠바로 중무장한 모습이 얄궂다. 김건우는 잠깐 정은희에 대해 생각하다가 공책에다 다음과 같이 적는다.

넋이 나간 것 같은 여자. 미친 것 같은 여자. totally insane. 뭔가 비밀이 있는 것 같은 여자.

하지만 어딘가 아리송한 느낌의 근원을 김건우는 여전히 못 찾고 있다. 실은 그의 관찰 속에 타인을 향한 세심한 배려가 빠져 있기 때문인데, 그 스스로도 이런 문제점을 어렴풋이 알고 있다. 그래서 더 짜증이 난다. 모비딕이 커피콩을 비닐봉지에 담아 부엌으로 들어간다. 그 순간 김건우는 자신을 기습적으로 공격한 영감에 화들짝 놀라며 단어 몇 개를 나열한다.

생두. 남자. 마흔. 커피. 숭고. 일상. 기계.

젊은 청년이 연필을 들고 공책에 뭔가를 끼적이는 장면이야말로 어딘가 숭고한 구석이 있다. 골동품 냄새를 풍기는 저 시대착오적인 기록의 방식에 김건우는 적잖은 자부심을 갖고 있다. 그러게 그는 속물인데, 그의 지적 속물주의는 다음 메모에서 더 적나라하게 드러난다.

카뮈. 『페스트』. 하루 종일 몇 차례에 걸쳐 많은 콩을 이 그릇에서 저 그릇으로 옮겨 담는 노인. 그렇게 시간을 보내는, 아니, 죽이는, 아니, 즐기는 노인. 또 다른 노인 한 명은 따뜻한 햇볕 아래 쪼그리고 앉아 종잇장들을 찢어 털이 소복이 난 고양이 등에 뿌리며 희죽댄다. 어느 날, 고양이들이 사라진다.

낱말과 어구에 덧붙여 문장까지 쓰이자 김건우는 오늘의 일과를 무사히 다 끝낸 것 같은 안도감을 느끼며 잠시 밖으로 나간다. 이후에도 그는 흡연을 핑계로 두 번 더 '모비딕' 문을 여닫는다.

김건우의 담배 연기가 '모비딕' 안으로 잠입하는 사이, 변동림이 원서 한 권과 노트북을 손에 들고 두번째 출근을 감행한다. 7시 23분. 염분 섭취를 줄이기 위해 빨간 양념장 없이 순댓국 한 그릇을 먹은 다음 동네를 한 바퀴 돈 이후이다. 주문한 음료는 이번에도 얼음을 잔뜩 넣은 헤이즐넛라테. 커피가 나오자 그녀는 허리를 펴고 문제의 원서를 들여다본다. 가짜 라스콜니코프의 '시험' 장면. 죄질이 아주 나쁜 범죄를 속수무책으로 지켜볼 수밖에 없고 그럼으로써 저도 모르게 그 범죄의 방조자가 되고 또한 그럼으로써 그 범죄보다 더 질이 나쁜 쾌감을 (억지로!) 느끼는, 그럴 수밖에 없는 상황의 연속이다. 아무래도 몇 부분은 빼지 않으면 안 되겠다. 그러려면 저자의 동의가 필요한데 동의는커녕 감감 무소식이다. 투덜대는 동안에 또 한 바닥이 채워진다. 망치와 도끼와 펜치 등 연장이 춤추고 선혈이 낭자하다. 변동림은 구토가 치밀어 오르는 것을 느낀다. 느낌에만 그치지 않고 진짜로 위장 밖으로 기어 나온다.

"꺼어—억."

변동림의 노력에도 불구하고 그 소리가 제법 크다. 멋쩍어진 그녀는 몸을 놀리며 기지개를 켠다. 유리벽 바로 곁, 길가로 모과 같은 얼굴에 엄청난 거구의 은희정이 지나간다. 날도 저물어 조만간 어둠이 찾아올 것 같다. 짙은 어스름을 뚫고 은희정이 횡단보도를 건너간다. 아주 약간의 거리를 두고 은희정의 뒤를 따라 걸음을 떼는 젊은 남자, 그가 바로 이소율의 남편인 오형섭이다. 발걸음이 느긋한 은희정과 달리 오형섭은 날렵한 양복 차림에 걸맞게 빠른 속도로 걷고 있다. 최근 연일 야근과 회식이 있어서 귀가가 늦었다. 오늘만은 빨리 퇴근하려고 서둘렀지만 구청 앞의 전자시계는 벌써 8시를 훌쩍 넘겼다. 아파트가 가까워질수록 발바닥이 더 뜨거워진다.

오형섭이 아들 샘솔과 퍼즐을 맞추고 있을 무렵, 김건우는 커피숍을 나와 건물 옆쪽 골목 담벼락에 기대어 연거푸 담배를 피우고 있다. 손님 하나를 내보낸 장년 모비딕은 허브 화분 옆에 앉아 휴식을 취하고 있다. 그의 앞에는 벽돌처럼 두툼한 책이 목제 독서대에 다소곳이 꽂혀 있다. 석 달째 읽고 있는 이 책은 총 세 권짜리, 각 권이 모두 500쪽은 거뜬히 넘는 도스토예프스키의 『카라마조프 가의 형제들』이다. 지금 펼쳐진 것은 2권이고, 200쪽 정도 읽었다. 올해가 가기 전에 다 읽었으면 하지만 굳이 그럴 필요도 없다고 생각한다. 다음 책을 찾는 것도 쉬운 일이 아니기 때문이다. 어쩌면 완독의 순간을 늦추기 위해 더치 기구를 더 자주 만지는지도 모르겠다.

장년 모비딕이 가뜩이나 손이 많이 가는 더치커피에 부

지런을 떨게 된 데는 이소율의 영향이 크다. 그녀는 항상 혼자이고 항상 멍하다. 책을 읽지도, 사람을 만나지도 않는다. 그녀가 여기 오는 것은 오직, 창가에 앉아 창밖을 바라보며 더치커피를 마시기 위해서이다. 그사이 그녀의 배가 조금씩 더 부풀어가는 것을 장년 모비딕은, 정은희의 경우와 비슷하게, 직업적인 성실성과 세심한 관찰력을 발휘하며 지켜보고 있었다. 지난 8월 7일 이소율이 오지 않았고, 장년 모비딕은 그녀가 출산했음을 짐작했다. 이소율이 오지 않는 동안에는 더치커피 방울이 떨어지는 일도 뜸해졌다. 이삼일 전인가 그녀가 다시 출몰하자 더치커피의 느린 움직임에도 속도가 붙었다.

장년 모비딕의 시선을 받으며 더치커피가 방울방울 떨어지는 속도로 카라마조프 집안의 참극이 한 장, 한 장 넘어간다. 그사이 변동림이 가짜 라스콜니코프에 관한 소설을 덮고 자리에서 일어난다. 그녀는 장년 모비딕 앞에 놓인 책을 힐끔 쳐다보고는 노트북과 원서를 챙겨 무더운 밤거리로 나간다.

모비딕은 여전히 독서에 몰입, 10시가 다 되도록 카라마조프를 지긋이, 멀찍이 완상하고 있다. 끝까지 자리를 지키던 젊은 연인마저 자리를 뜨자 그도 슬그머니 일어나

뒷정리를 하고 바닥을 청소한다. 텅 빈 커피숍 안에 그 혼자이다. 드디어! 그럼에도 얼마간은 문을 열어둔다. 지금 바로 커피콩을 볶을까, 아니면 내일로 미룰까 잠깐 고민한다. 그 고민 속에서 진정한 모비딕만의 시간이 청량한 더치커피처럼 방울진다.

2장

고래에 관하여

내 뱃속의 고래

B동의 어느 지하실. 두세 평쯤 되는 방 안에 열 명 남짓한 사람이 벽을 따라 사각형으로 둘러앉아 작업에 열중하고 있다. 에어컨은커녕 선풍기도 없다. 후텁지근한 방 안의 공기가 숨통을 틀어막을 것 같다. 그럼에도 어쩔 수 없이 한 번 내뱉은 숨을 들이쉬면 눅눅한 곰팡이 냄새와 땀 냄새 가득한 인내에 또다시 숨이 턱 막히는 것 같다. 아직 시작도 되지 않은 여름, 인형의 얼굴에 눈알 두 개가 똑똑 박힌다.

그들은 대부분 중년 여성이다. 얼굴에는 불평불만의 기

색이 전혀 없다. 혹여 어떤 표정이 있다면 그건 표정 없음의 표정이다. 이 점에서 해탈과 달관의 육화, 즉 부처나 다름없다. 아이들이 고등학교를 졸업하면 대학에 가야 하고 대학에 가면 편입해야 하고 졸업하면 취업 준비를 해야 한다. 그도 아니면, 남편이 퇴직 혹은 실직한 것에 덧붙여 갑자기 대학을, 혹은 대학원을 간다고 난리다. 그도 아니면, 그런 고생을 시킬 자식이나 남편이 없어 혼자 생활비를 벌어야 한다. 부처들은 이직이나 퇴직을 몰랐다. 옮겨본들, 나가본들 별수 없다는 생각을 물론, 언젠가는 했더랬다. 하지 않았을 리가 있나. 그 결과 지금은 똑같이 생긴 인형 얼굴에 역시나 똑같이 생긴 눈알을 역시나 똑같은 자리에 또 역시나 똑같은 힘을 주어 갖다 붙이는 일에만 집중한다. 도저하게 기계적인, 그래서 무서운 집중력이다. 그러게 그들은 부처란 말이다.

이 부처의 대열에 우리의 정은희가 합류해 있다. 그녀는 젊은 사람치고는 눈알 붙이는 일을 오래 한 편이다. 어쩌면 지나치게 오래다. 무심한 부처들은 정은희가 정신이 온전치 않음을 짐작했지만 해탈과 달관의 입장에는 아무런 변화가 없다. 여느 때와 다름없이 인형들과 눈알들과 풀들을 정리함에 넣고 무언의 명령을 들은 듯 자리에서 일어난다. 다들 영혼 없는 인사말 대신 말 없음과 표정 없음을 교환하고 집으로 향했다. 그런 흐름의 어느 날, 부처들은 시나브로 정은희의 몸이 예사롭지 않음을 인지했다. 배가 불러 오고 있다. 지적장애 3급, 예쁘장한 얼굴에 야들야들한 몸매의 젊은 여자에게 언제 어느 때 일어나도 이상하지 않은 일이 일어난 것이다. 더럽혀진 순결은 원래의 순결보다 어딘가 더 성스러워 보였고, 부처들은 잠시 딱함과 꺼림칙함의 경계를 넘나들었다. 딸이 있는 쪽은 동정과 연민에 좀더 오래 머물렀다. 그러나저러나 부처들은 이내 달관과 해탈로 돌아갔다. 정은희에게 오랜 연인이 있음을 알았더라면 조금은 더 심드렁했을 것이다.

정은희 역시 심드렁했다. 그러나 아무리 심드렁한 그녀라도 자신의 신경이 온통 자신의 몸 어딘가에 쏠리는 것을 느끼지 않을 수는 없었다. 꼬박꼬박 가랑이 사이를 적시던 핏덩어리가 멎더니 속이 울렁거리고 몸이 으슬으슬 춥고 시도 때도 없이 졸음이 밀려왔다. 밥을 먹어도, 몸을 꽁꽁 싸매도, 잠을 푹 자도 뭔가 불편하고 버거운 느낌은 여전했다. 그 시기가 지나자 배꼽 주변, 뱃속에서 뭔가가 꿈틀대기 시작했다. 그것은 분명히 그녀 자신의 몸, 적어도 몸의 일부임에도 동시에 그녀의 몸이 아닌 얄궂은 뭔가였다. 아이. 그것이 아이라고 했다. 그렇다는 것을 정은희는 알았다. 그러나 보이지도, 들리지도, 만져지지도 않는, 알아도 모르고 또 몰라도 아는 뭔가였다. 그 뭔가가 조용하고도 거대한 존재감을 과시했다.

뱃속에서 움직임이 일 때마다 어린 시절 텔레비전에서 본 영화의 한 장면이 떠올랐다. 검푸른 바다가 텔레비전의 틀을 뚫고 나올 만큼 거세고 무섭다. 재활원 마당에서 내려다보이는 바다는 저토록 푸르고 아름다운데, 텔레비전 속 바다는 소름이 돋는다. 그 바다를 눈처럼 하얀 등을 드러낸 거대하고 두툼한 몸집의 물고기가 기세등등하게 가로지른다. 간혹 하얀 등과 함께 넓적하고도 뾰족한 얼굴이 조금씩 검푸른 수면 위로 조용히 솟구친다. 저 검푸른 바다 속에는 얼마나 더 크고 육중한 몸뚱어리가 버티고 있을까. 텔레비전 속 바다 위를 가로지르던 고래가 정은희의 뱃속에서 자라나기 시작했다. 처음에는 아주 작았다. 그래서 움직임도 작았다. 점점 더 움직임이 커지고 거세졌다. 정은희는 자기 배를 물끄러미 내려다보았다.

봉긋하니 솟아오른, 좁다랗고 야트막한 언덕 같은 곳 어디에 고래가 헤엄치며 다닐 공간이 있는 것일까. 인형의 눈알을 붙일 때마다, "커피 주세요"라고 말할 때마다 뱃속의 고래는 조금씩 더 커진다. 고래가 꿈틀할 때마다 배가 좌우로, 위아래로 출렁인다. 스카이콩콩을 탈 때처럼, 줄넘기를 할 때처럼 배 한쪽이 리듬을 탄다. 뱃속의 고래가 불끈 솟아올라 배의 모양이 일그러진다. 재활원의 작은 텔레비전 속 화면이 재생된다. 그제야 정은희는 뭔가가 생각났고, 문장 하나가 기다렸다는 듯 튀어나왔다.

"바다 가자."

창문 하나 없이 사방이 다 틀어막힌 지하 원룸. 정은희의 말에 최지호는 아무 대답도 하지 못한다. 공사가 이제 막 끝났다. 어서 빨리 새 일자리를 구해야 한다. 그런데도 정은희는 바다에 고래 타령이다.

"고래 바다 살아. 바다 가자. 고래 나와. 바다 가자."

말들이 바다를 가르는 고래의 속도로 쏟아진다.

최지호는 보증금과 정은희와 정은희 뱃속의 고래를 안고 아침 일찍 무궁화호에 몸을 실었다. 잠시 서울을 떠난다. 잠시, 라고 생각한다. 대책 없는 삶이 대책이 된 지오래다. 어떻게 되겠지. 바다도 보고 싶다. 정은희의 재활원도, 그 맞은편의 야트막한 집도. 객실 안이 눅눅하고 시큼하다. 의자 등받이며 손잡이, 창틀과 식판 곳곳에 손때가 골동품처럼 새겨져 있다. 기차는 조그만 간이역도 무시하지 않고 꼬박꼬박 다 선다. 하루가 거의 다 지난 뒤에야, 그런 느낌이 든 뒤에야 그들은 부산에 도착했다.

비탈길, 초여름의 바닷바람이 살뜰하다. 재활원의 문 옆, 몸통이 두툼한 은행나무가 두세 그루 서 있다. 회칠이 벗겨진 건물 벽도 예전 그대로다. 정은희는 조심스레 현관문을 열어본다. 텅 비어 있다. 방문을 하나씩 열어본다. 신발장도, 마룻바닥도, 세탁실도, 목욕탕도, 방 안도 그대로이다. 방 한구석, 시멘트벽에 등을 대고 앉는다. 등골로 전해지는 냉기도 여전하다. 시간은 계속 움직이는데 공간이 전혀 움직이지 않는다니, 이상하다.

"바다 왔어. 고래 나와."

정은희가 혼잣말처럼 웅얼댄다. 어린 정은희의 손을 잡고 이곳을 떠난 것이 10년 전인가. 기억의 창고가 아가리를 벌리려는 찰나 그들은 얼른 재활원을 떠난다. 뱃속의 고래가 포식을 한 고래의 뱃속처럼 요동친다. 초여름의 바닷바람이 여전히 살뜰하다. 재활원에서 버스 정류장으로 가는 내리막길이 가파르다. 최지호는 정은희의 손을 잡으며 그녀를 조심스레 부축한다.

도시의 뱃속

서면의 번화가 뒷골목, 낡은 여인숙이 흔적기관처럼 붙어 있다. 석 달 치 방값을 미리 내고 며칠 방값을 벌었다. 최지호는 아침 일찍 부둣가의 선착장으로 나갔다. 컨테이너가 없을 때는 근처 시장에서 트럭을 받았다. 여름이라 연일 햇과일, 햇감자, 햇양파가 쏟아졌다.

정은희도 매일 여인숙 밖을 나갔다. 세상에는 건물과 사람과 물건과 매연이 가득하다. 책 가게, 치킨집, 일본라면집, 빵 가게, 도넛 가게, 아이스크림 가게, 커피 가게, 신발 가게, 옷 가게, 길거리 구석구석에 리어카들, 그 위에 즐비한 인형들과 액세서리들과 패션 소품들…… 세상이 온통 동글동글한 눈알로 가득 차 있다. 큰 눈알, 작은 눈알, 접착제가 붙은 눈알, 안 붙은 눈알, 눈동자가 있는 눈알, 없는 눈알. 하지만 하나같이 쌀알처럼, 밥알처럼 동글동글하다. 정은희는 인형을 파는 리어카 쪽으로 다가간다. 손님이 거의 없는 오전, 노점상이 담배 연기를 내뿜느라 잠시 방심한 사이, 그녀는 새카맣고 윤이 나는 큰 눈알이 박힌 너구리 인형을 거머쥔다. 담배 연기 때문에 따끔했던 눈을 감았다 뜬 노점상은 자신의 소중한 상품이 젊은 여자의 손에 쥐어진 채 멀어져 가고 있음을 발견하고는 잽싸게 달려온다. 마수걸이도 못한 판에 고운 말이 나올 리 없다.

"아니, 이 쌍년이!"

억센 남자의 손에 목덜미를 잡히는가 싶더니 너구리 눈알도 사라지고 없다. 너무 놀란 정은희의 뱃속에서 고래가 갑자기 용트림을 한다. 짧고도 강렬한 출렁임이 가라앉자 크고 작은 눈알들이 눈앞에서 일시에 사방으로 흩어진다. 정신이 번쩍 든 정은희의 입에서는 무조건반사처럼 한마디가 불쑥 나온다.

"잘못했어요! 용서해주세요!"

노점상은 거의 반쯤 들어올렸던 손을 엉거주춤 내린다. 사과의 말이라고 하기엔 지나치게 고음이고 날카로운 한마디, 투명하고 영롱하면서도 어딘가 초점이 맞지 않고 흐리멍덩한 눈빛, 과년한 여자의 가녀린 몸매에 맞지 않는 왠지 어설프고 어린애 같은 몸짓. 아주 짧은 순간이지만 그는 어떤 충격을 받고 만다.

"아니, 이거……"

'병신'이라는 단어를 내뱉고 싶었지만 그냥 입을 닫는다. 그러고는 모종의 영감에 사로잡혀, 홧김에 빼앗았던 너구리 인형을 다시 그녀의 손에 쥐여준다. 정은희가 시야에서 완전히 사라진 다음에도 그는 길모퉁이를 한동안 응시한다. 아침부터 이만한 마수걸이도 없을 것 같다. 복 짓는 일을 했으니 이제는 어디선가 복이 들어오겠지.

정은희는 지하상가가 좋다. 어딘가 색다를뿐더러 시원하다. 길은 크게 두 갈래로 나 있고 양쪽 모두에 가게들이 빼곡히 들어서 있다. 건장한 스님이 지하 교차로에 무릎을 꿇고 앉아 목탁을 치고, 늙은 비구니가 연회색 승복에 파르라니 깎은 머리를 하고 가게마다 동냥을 다니고, 밖으로 이어지는 계단 근처에서 교인들이 가슴팍에 십자가를 매달고 한 손에 성경을 든 채 '예수천당 불신지옥'을 외치며 찬송가를 부른다. 따뜻하다 못해 더워지는 날씨, 짙은 회색 누더기를 겹겹이 껴입고 머리에는 벙거지를 쓴 남자도 정물화인지 풍경화인지 세속화인지 알 수 없는, 정은희의 눈앞 그림 속의 일부이다.

그는 두 발로 서 있든 맨바닥에 신문지를 깔고 앉아 있든 항상 몸을 비스듬히 벽에 기대고 앉아 있다. 그 앞에는 항상 우그러진 납작한 양은그릇이 놓여 있고, 그 안에는 항상 동전이 몇 개 들어 있다. 간혹 돈을 구걸하려는 투지를 보이기도 하지만 대개는 오늘처럼 그마저도 귀찮다는 식이다. 이렇게 방만한 그도 며칠째 하루도 빠지지 않고, 덧붙여 하루 종일 자기 눈앞을 교란하는 정은희에게는 눈

길을 준다. 얼굴을 가리려는지, 아니면 어차피 얼마 들어
오지도 않는 빛을 가리려는 것인지 항상 최대한 깊숙이,
낮게 내려 쓴 벙거지도 위로 올려 쓴다. 새삼스레 드러난
그의 얼굴이 너무 앳되고 잘생겨서 맞은편 시계방 주인은
눈이 휘둥그레진다.

한참을 걸어가자 작은 분수대와 벤치가 나온다. 또 한참
을 가자 전철역이 나온다. 반대쪽으로 걸어가도 전철역이
나온다. 그곳, 즉 서면역에는 백화점도 있다. 그곳의 분수
대는 몹시 크고 물줄기도 굵다. 장식도 화려하다. 공간도
널찍하고 가게도, 사람도 훨씬 많다. 날이 더워질수록 정
은희의 발걸음은 점점 더 자주 백화점 쪽으로 향한다. 백
화점 안은 더 만화경이다. 세상의 모든 사람들과 모든 물
건들은 크거나 작거나 길거나 짧거나 두껍거나 얇거나 동
글동글한 눈알들을 달고 있다. 뱃속의 고래를 손으로 조
심스레 감싼 채 정은희는 계속 눈알들을 쫓아다닌다. 목
적지도 없다. 따라서 길을 잃어도 잃는 것이 아니다.

돌고 돌아 다시 지하. 먹을 것도 동글동글한 눈알들의
휘황찬란하고 복잡한 조합이다. 한숨 자고 난 뱃속의 고
래가 꼬르륵거리는 소리를 낸다. 뱃속이 쓰리고 입안에
침이 고인다. 정은희는 초록색 이쑤시개를 들고 온갖 눈

알들을 쑤시고 다닌다. 훈제오리, 떡갈비, 베이컨, 두부부침, 군만두, 구운 김, 흰쌀밥에 얹은 명란젓, 카스텔라, 찹쌀떡, 체리, 키위, 수박, 참외…… 눈알들이 시나브로 그녀의 입속으로, 뱃속으로 들어간다. 정은희는 이 눈알들이 뱃속의 고래를 키운다고 생각한다. 음식 순례가 끝나자 그녀의 배는 터질 것처럼 부풀어 올라 있다. 뱃속의 고래는 또다시 천천히 헤엄치기 시작한다.

다시 백화점 밖, 대리석 계단을 거느린 화려한 분수 주변에 눈알들이 가득하다. 정은희는 두껍고 둥근 기둥 옆 벤치 한쪽에 앉는다. 뻑적지근한 통증이 허리 위쪽에서 시작돼 골반과 치골, 허벅지로 퍼져나가더니 슬그머니 꼬리를 감춘다. 정은희의 눈앞에서 분수가 굵은 물줄기를 힘차게 쏘아 올린다. 사방팔방으로 흩어지는 물줄기가 거대하고 투명한 눈알 같다. 그녀의 뱃속에서 동글동글한 눈알들이 서로 부딪치며 소리를 낸다. 뱃속의 고래도 이쪽저쪽 번갈아가며 삐죽, 삐죽 솟아올랐다가 분수의 물줄기처럼 둥그렇게 꺼져간다. 자맥질하는 뱃속의 고래 등에서 분수가 뿜어져 나온다.

7월 초임에도 혹서를 예고하듯 뜨거운 날의 연속이다. 정은희의 서면 시편(詩篇)이 한 달을 넘긴다. 음식 순례도 계속된다. 벤치에 앉아 분수의 물줄기를 바라보노라면 시간이 시원하게 지나간다. 살갗이 뽀송뽀송해져서 기분도 참 좋다. 갑자기 뱃속 저 깊은 곳, 암흑의 핵심 어딘가를 뭔가 날카로운 것이 순식간에 콕 찌르는 것 같은 느낌이 든다. 너무 짧은 순간이고, 격한 통증은 언제 있었냐는 듯 감쪽같이 사라진다. 그럼에도 일순간 정은희는 뱃속의 고래가 심상치 않음을 직감한다. 그녀는 조심조심, 조용히 자리에서 일어나 걸음을 옮긴다. 속옷 가게, 화장품 가게, 운동화 가게, 최근에 문을 연 알라딘 중고 서점이 동글동글한 눈알이 빼곡히 들어찬 상자 같다. 눈알들 속을 헤매는 동안 정은희의 머릿속은 좀 전의 생경한 느낌, 아찔한 통증을 해독하느라 뱃속만큼이나 격렬하게 요동친다.

드디어, 시계방과 계단을 앞둔 벽. 오늘은 웬일인지 남자가 말랐지만 튼튼해 보이는 두 다리를 용케 잘 꼰 채 벽에 비스듬히 기대고 서 있다. 몇 겹의 누더기 대신 낡긴 했지만 방금 세탁한 것 같은 군복을 입고 가슴팍에는 판자처럼 딱딱해 보이는 두껍고 커다랗고 하얀 마분지를 붙이고 있다. 求職. 이렇게 쓰인 한자의 필치가 정갈하다. "나는 거지요!"라고 선언하는 것 같은 최후의 아이템, 벙거지가 오늘도 돋보인다. 그리고 눈을 가려버린 벙거지의 챙 밑으로 보이는 오뚝하고 날카로운 콧날과 살짝 벌어졌음에도 날렵함을 뽐내는 잘생긴 입매와 턱선이 돋보인다. 최근 서면, 아니 세상 어디에서도 보기 힘든 고전적인 복장에 고전적인 자세, 재활원의 텔레비전에도 나온 적이 없는 풍경이다.

정은희는 아지랑이가 이글대는 서면 거리를 지나 여인 숙으로 돌아온다. 깨알처럼 작고 동글동글한 눈알이, 그러니까 새끼 고래가 무럭무럭 자라 거대한 고래가 되고, 너무 커져서 더 이상은 뱃속에 머물 수 없거나 머물기 싫고, 그래서 이제는 밖으로 나오려고 최후의 몸부림을 시작한다. 그녀의 눈앞에서는 무슨 뜻인지 알 수 없는 두 개의 작고 복잡한 그림인 '求'와 '職'이 서로 맞부딪치기도 하고 각자 흩어지고 분해되더니, 또다시 아주 작고 동글동글한 눈알로 바뀐다.

평생 처음 느끼는 통증이 뱃속 깊은 곳에서 위로 치고 올라오는가 싶더니, 명치끝에서 시작되어 배꼽을 지나 다리 사이로 이어진다. 정은희는 계속 몸을 비틀며 방 안과 화장실을 오간다. 손바닥만 한 욕실의 벽과 바닥을 덮은 타일과 그 타일들 사이에 박혀 있는 땟국이 이집트 상형 문자 같다. 오줌과 똥이 쉴 새 없이 나온다. 도대체 저 뱃속은 얼마나 넓기에 이 많은 오줌과 똥이 고여 있었던 것일까. 통증이 조금씩 잦아들면서 밤의 어둠처럼 스멀거리며 잠이 밀려온다. 그 잠은 백주 대낮의 강도가 들이미는 칼날 같은 통증에 화들짝 놀라며 달아나버린다. 다시 뱃속에서 오줌과 똥이 줄줄 흘러내리고 그렇게 또 의식의 명멸이 찾아온다.

눈을 뜨니 어둑하다. 정은희는 방 안에 비스듬히 누워 두 다리를 오므린 채 배 쪽에 바싹 붙이고 있다. 최지호가 방 안으로 들어선다. 먼지를 잔뜩 머금은 비릿한 땀냄새가 정은희의 코를 간질인다. 순간, 정은희는 뱃속 어딘가에 아주 굳게 닫힌 문이 갑자기 생겼는데 그것이 역시나 갑자기 활짝 열리는 것과 같은 느낌을 경험한다. 그와 동시에 뱃속 어딘가에서 어마어마한 물덩어리가 갑자기 쏟아져 나온다. 끈적끈적하면서도 맑고 맑으면서 끈적끈적한, 또 무슨 냄새가 나면서도 무색무취인 얄궂은 물이 그녀가 반쯤은 깔고 반쯤은 덮고 있던 이불을 순식간에 흥건히 적셔버린다.

"고래 나와. 바다 왔어. 고래 나와, 바다……"

몸을 틀며 까무러치다 깨어나기를 반복한다. 마침내 어마어마한 통증의 격류 속에서 뱃속의 고래가 몸뚱어리 전체를 앞으로, 또 밑으로, 어쩌면 위로 밀어내는 것 같은 기이한 느낌이 든다. 저절로 몸 아래쪽에 힘이 들어간다.

가랑이 사이의 살, 그 비좁은 틈새를 가르며 뭔가 미끈하고도 둥그런 것이, 어쩌면 그런 느낌의 거대한 눈알이 뭉텅, 하고 빠져나온다. 짧은 순간, 뭉텅, 하는 느낌이 한 번 더 든다. 정은희는 뱃속의 거대한 고래가 몹시 작은 아기의 형상을 하고 세상에 나온 것을 본다. 방바닥은 시뻘건 핏물과 싯누런 고름 같은 액이 뒤섞인 웅덩이다. 정은희가 기어 들어가는 목소리로 간신히 묻는다.

"아가, 왜 안 울어?"

엉겁결에 아이를 받은 최지호는 옆에서 나뒹구는 커피 캔을 돌벽에 갈아 만든 날로 허겁지겁 탯줄을 자른다. 그리고 손에 막 잡힌 천 조각으로 아이의 몸을 닦는다. 온몸이 빳빳하게 굳은 듯 힘이 잔뜩 들어간 양손이 부들부들 떨린다. 최지호는 수건으로 간신히 아이를 감싼 다음 조심스레 방바닥에 내려놓는다. 어쩌면 딱딱한 세계와 처음으로 접촉한 충격 탓인지 아이는 우렁찬 울음을 터뜨린다. 아이의 울음에도 정은희는 여전히 불길한 예감이 사라지지 않는지 애타는 눈빛으로 최지호에게 묻는다.

"아가, 바보야? 나처럼 바보야? 아가, 남자 아가야, 여자 아가야?"

주인 노파가 막 일터에서 돌아온다. 정은희의 임신 사실을 여태껏 알아채지 못했음에 소스라치게 놀라며 신생아

에게 달려든다. 한때 동네에서 그녀의 명성의 근거이기도
했던 산파로서의 이력이 휘황찬란하게 부활한다. 노회한
산파는 한 손으로 아이의 두 발을 잡고 위로 들어올린다.

"아이고, 이놈, 달도 한참 못 채운 놈이 고추도 실하고,
똥구멍도 잘 뚫려 있고…… 눈 좀 떠봐라, 이놈아. 아이
고, 눈뜨기가 싫은가 보네, 이놈의 새끼."

주문을 외우듯 중얼대면서도 노파는 아기의 허우적대
는 팔다리를 용케 잘 접어, 어디서 갖고 왔는지 아무튼
큼직한 천으로 야무지게 싸서 정은희 옆에 눕힌다. 그제
야 정은희는 저도 모르게 잠 속으로 빠져든다.

야밤, 아이의 울음에 정은희는 화들짝 놀라며 잠에서
깬다. 낮의 울음보다 밤의 울음이 더 처절하고 서럽게 들
리는 건 왜일까.

"왜 울어, 아가야, 왜, 왜 울어?"

아무리 물어도 아이는 계속 울기만 한다. 바닥에 눕혀
토닥여도 보고 품에 안은 채 방 안을 걸어도 본다. 그래
도 운다. 지친 정은희는 등을 벽에 대고 앉아 아이에게
젖을 물린다. 언제 그랬냐는 듯 울음을 뚝 그친다. 눈도
지그시 감는다.

"아가 배고파."

정은희는 안쓰러운 표정을 지으며 아이의 볼을 매만진다. 혹여 아이의 살에 상처가 날까 봐, 아이의 식사에 방해가 될까 봐 아주 조심조심한다. 작다. 너무 작다. 뱃속의 그 거대한 고래가, 그 힘센 고래가 이렇게 작은 존재였다니. 어른 주먹만 한 크기의 불그죽죽한 얼굴은 팅팅 불어 있다. 머리가 위로 뾰족이 솟아 있어 공룡이나 무슨 파충류의 머리 같다. 이렇게 작은데도 눈 코 입이 다 있고 귀도 두 개씩이나 붙어 있다. 손발도 다 있고, 각각의 손발에는 손가락, 발가락이 다섯 개씩 꼬박꼬박 다 달려 있다. 눈도 제대로 뜨지 못하는 것이 엄마의 젖가슴에 얼굴을 푹 파묻고 불그죽죽한 양손을 꼼지락대며 젖꼭지를 오물오물 빨아댄다. 아이와 만난 지 사흘째. 너무나 낯설지만 아주 오래전부터 함께 있어온 것 같다. 심지어 애인보다도 익숙하다.

시간이 얼마나 지났을까. 아이는 십 분이고 이십 분이고 줄곧 젖꼭지를 문 채 입술을 오물거린다. 정은희는 젖가슴이 아팠다가 괜찮아지기도 하고 또 팽팽해졌다가 좀 헐거워지는 것도 같다. 아이를 품에서 떼고 보니 입가에 핏물이 묻어 있다. 불그죽죽하게 부풀어 오른 정은희의 젖꼭지도 피로 뒤덮여 있다. 따갑다. 유두와 유륜이 맞물리는 곳이 새빨갛게 찢어져 있다. 이빨도 없는 아이의 잇

몸이 이런 상처를 낼 수 있다니. 아이는 뭐가 못마땅한지 계속 칭얼댄다. 다리 사이를 만져본다. 축축하다. 아이를 싸놓은 얇은 수건을 풀고 기저귀를 살펴본다. 묽은 초록색 똥이 기저귀를 흠씬 적셔놓았다. 정은희는 잠깐 손을 놓고 발을 동동 구른다. 아이는 뭐가 그리 서러운지 자지러질 듯 목 놓아 운다. 정은희는 어설픈 손짓으로 아이의 발을 든 채 엉덩이 밑에서 기저귀를 빼내고 물수건으로 밑을 닦인 다음 새 기저귀를 채운다. 다시 엄마의 품에 안긴 아이는 다시 젖을 물고 조그만 입을 놀리다가 이내 잠잠해진다. 잠든 아이를 품에 안고 등을 벽에 기댄 채 정은희도 슬금슬금 잠이 든다.

여인숙의 주인 노파가 미역국을 끓여 왔다.

"이래 봬도 이게 기장 미역이여."

부들부들한 미역에는 벌레가 알을 깐 자국이 드문드문 보인다. 바람에 날려 와 산 채로 말라붙은 바다 벌레가 국물 위에 둥둥 떠 있기도 하다. 멸치와 다시마로 우려낸 국물이 시원하다. 쌀밥 한 그릇과 미역국을 먹고 나자 거짓말처럼 젖이 스멀스멀 돌며 불어난다. 아이에게 젖을 물리는 모습을 노파가 지켜본다.

"젖꼭지가 그래 납작하니 얼라가 잘 못 빨지. 더 깊숙이 물려봐, 그렇게, 옳지."

　노파는 혀를 끌끌 차며 정은희와 아기의 자세를 바로잡
아주려고 애쓴다.

　아이는 하루에도 몇 번씩, 그것도 삼십 분이고 한 시간
이고 계속 젖을 물고 있는데도 별로 커지지 않는다. 어쩜
뱃속의 고래는 그렇게 빨리 커졌는데! 아이가 젖을 빠는
속도에 맞추어 정은희의 젖가슴도 헐거워진다. 젖이 잘
돌지 않자 아이는 생떼를 쓰며 젖을 빤다. 그러다 너무 지
쳐서 그냥 젖을 문 채 잠들기 일쑤다. 이런 악순환이 연일
반복된다. 정은희는 아이의 손과 발을, 때로는 귓불을 만
지작거리며 아이의 단잠을 깨운다. 아이는 쌕쌕거리며 입
을 오물거리는가 싶더니 이내 잠이 든다. 세상에 나온 지
스무 날이나 지났건만 아이의 얼굴은 여전히 불그죽죽하
고 노리끼리하다. 그냥 이대로 두면 금방 죽고 말 것 같은
저 작은 것이 오직 엄마 하나만 의지하고 있다니. 참을 수
없을 만큼 애틋하고 서글픈 마음에 이제는 푹 꺼지고 텅
비어버린 뱃속이 아려온다.

바다로 돌아간 고래

아이의 잠이 웬일로 많이 길다. 정은희도 간만에 깊은 잠에 빠져 있다. 푹 자고 나서 눈을 떴을 때도 아이는 자고 있다. 아이가 깰까 봐 조심하며 미지근한 물로 몸을 씻는다. 갑자기 아이가 귀청이 떨어져나갈 것 같은 날카로운 비명을 지른다. 수건으로 몸을 닦고 허겁지겁 달려온다. 아이는 뭔가가 목구멍에 걸린 것처럼 캑캑거리는 것도 같다.

"왜 그래? 아가, 무서운 꿈이야, 왜 그래?"

아이는 눈알이 완전히 뒤집어져 흰자만 멀거니 내놓고 온몸을 부들부들 떨고 있다. 입가로는 뽀얀 침이 게거품처럼 뽀글뽀글 올라온다. 정은희는 아이를 부둥켜안고 팔다리를 주무르며 소리를 지른다. 새하얗게 질린, 그럼에도 무척 불그죽죽하고 샛노란 아이의 얼굴에는 아무런 변화가 없다. 정은희는 방문을 열고서 있는 목청껏 주인 노파를 부른다.

"할머니! 할머니!"

어기적거리며 걸어온 노파는 아이의 머리에 손을 얹으며 심드렁하면서도 불길한 어조로 한마디 한다.

"아이고, 얼라가 경기를 한다. 열도 없고. 마른 경기구

먼. 얼라가 달을 못 채웠으니. 그래도 걱정 마. 삼신할매
가 삼 년은 지켜주니까."

정은희는 듣는 둥 마는 둥 아이만 보고 있다. 놀랍게도,
아이는 언제 그랬냐는 듯 얌전히 눈을 감은 채 깊은 숨을
내쉬고 있다. 평생 빨 젖을 요 몇 분간 다 빨아버린 것처
럼 기진맥진해 있다. 아이의 입가에 묻은 거품을 닦고 가
슴팍에 손을 대본다. 약하긴 하지만 다부지고 생기롭게
콩당콩당 뛰는 소리가 들린다. 안심이 된다. 갑자기 고래
가 빠져나간 뱃속이, 텅 빈 공간이 출렁인다. 그 충격에
이어 날카로운 송곳으로 살 속을 후벼 파는 것 같은 통증
이 밀려온다. 화장실로 달려간다. 힘을 주지 않아도 줄줄
쏟아진다. 물똥의 질감과 빛깔이 아이의 똥 같다. 그때부
터 아이가 젖을 게워내며 캑캑거리거나 갑자기 소리를 지
르거나 울음을 터뜨릴 때마다 정은희는 아랫배의 그 통증
을 느꼈다.

최지호가 퇴근길에 분유를 한 통 사왔고 노파가 낡은
젖병 하나를 얻어다 주었다. 정은희는 아이에게 분유를
타 먹였다. 젖병의 분유는 아이가 혀를 조금만 놀려도 꿀
꺽꿀꺽 잘 넘어간다. 아이의 잠도 깊어진다. 얼굴과 몸의
불그죽죽하고 노르스름한 기운도 조금씩 가시는 것 같다.

막 잠든 아이를 옆에 두고 정은희는 최지호가 사 온 삶은 어묵을 우걱우걱 씹어 먹는다. 국물 맛이 짭조름하고 시원하다. 한여름임에도 따뜻한 어묵 국물이 좋다. 포만감이 가득한 잠 속에서 정은희는 내일 아이와 함께 분수 구경 가는 꿈을 꾼다. 그러나 아이의 째질 것 같은 울음에 꿈이 와장창 깨진다.

정은희는 벌떡 일어나 아이를 안아 올렸다. 온몸이 활활 타오른다. 그냥 뜨거운 정도가 아니라 바싹바싹 타들어가는 것 같다. 입가로는 짙은 자줏빛의 핏물이 흘러내린다. 아이의 얼굴이 닿았던 이불에도 핏물이 얼룩져 있다. 비명처럼 터져 나온 울음이 멎자 검은 눈동자가 흰자위 한가운데에 고정되고 머리와 팔다리가 부들부들 떨린다. 정은희는 아이의 고개를 옆으로 돌려놓고 손발을 매만지며 눈앞의 탁상시계를, 초침을 응시한다. 초침이 한 바퀴 돈다. 또 한 바퀴, 또 한 바퀴. 어느샌가 정은희는 세던 숫자를 던져버리고 아이를 품에 안은 채 밖으로 나간다.

"할머니! 할머니!"

정은희의 비명이 비좁고 컴컴한 복도의 벽을 탁탁 치며 먹먹한 메아리가 돼서 돌아온다.

정신을 차리고 보니 정은희는 경련이 멎은 아이를 품에

안은 채 길거리 한 모퉁이에 앉아 있다. 언젠가 그녀에게
너구리 인형을 선물한 노점상과 그의 리어카가 보인다.
아이는 이번에도 큰일을 치러낸 것처럼 몸에 힘이 하나도
없고 사지도 축 늘어져 종잇장이나 헝겊 더미 같다. 의식
을 잃은 것인지, 그냥 곤한 잠에 빠진 것인지. 간혹 인상
을 쓰는 것이 머리가 아픈 것도 같다. 얼굴과 몸은 여전히
뜨겁지만 아까와 같은 열기는 가신 듯하다. 발작이 얼마
나 지속됐을까. 초침만 응시했던 터라 9시 47분이라는 분
침과 시침은 아무 의미가 없다. 그저 아주 오랜 시간이 지
난 것만 같다. 실제 발작 시간이 3분 17초밖에 안 됐음을
안다면 몹시 놀랐을 것이다.

　다시 집으로. 방으로 돌아온 정은희는 아이가 진정되
자 예의 그 격렬한 복통에 화장실로 직진한다. 등골이 오
싹해지면서 온몸에 오한이 일고 속이 울렁거린다. 골반은
물론 어깨가 저릿하고 곳곳의 뼈마디가 시려온다. 두 다
리가 꺾이다시피 하며 아이 옆으로 곧장 엎어진다. 이후
정은희의 움직임은 비몽사몽간 본능에 따른 기계적인 것
이다. 아이는 수시로 울고 그녀는 반쯤 무의식 상태로 자
리에서 일어나 아이에게 젖을 물리고 아이를 안아 올리
고 트림을 시킨다. 그러고도 등을 토닥여주며 얼마 동안

안고 있다가 다시 눕힌다. 그사이 묵직해진 기저귀를 두세 번 정도 갈아준다. 그중 한 번은 똥인데, 평소처럼 노르스름한 기운이 감도는 묽은 초록색 똥이 아니라 검푸른 핏빛을 머금은 똥이다. 정은희의 경악을 부채질하듯 아이는 울음 폭탄을 맞은 것처럼 울어댄다. 그녀는 얼른 새 기저귀를 채운 아이를 안고 방 안을 앞뒤, 좌우로 계속 오간다. 아까만 해도 으슬으슬 추웠던 몸에 땀이 비 오듯 줄줄 흘러내린다. "아가, 왜?"라는 말이 그녀의 입속에서 계속 맴돈다. 아이의 울음이 잦아들면 그녀도 스러진다. 어떨 때는 목구멍 안에서 맴돌다가 그냥 뱃속으로 사라진다. 그동안 뱃속에서 치밀어 오르는 구토를 몇 번씩이나 집어삼킨다. 귓전으로 노파의 목소리가, 나중에는 최지호의 목소리가 들리는 것도 같다. 모든 것이 꿈속의 일인 양 가물가물하고 아슬아슬하다.

캄캄한 정적, 슬그머니 눈이 떠진다. 정은희는 자신의 손안에 아이의 작은, 아주 작은 손이 쥐어져 있음을 느낀다. 한여름 밤, 방 안 공기가 후텁지근하다. 조심스레 고개를 돌린다. 맞은편 벽에 등을 댄 채 모로 누워 있는 최지호가 보인다. 햇볕에 시커멓게 그을리고 땀과 흙먼지에 전 얼굴. 팬티 한 장만 입은 최지호의 여윈 몸이 슬프다.

아니, 그의 젊고 여윈 몸을 가리고 있는 유일한 헝겊 쪼가리가, 더럽고 낡은 그 팬티가 슬프다. 문 옆에는 최지호가 사온 라면과 두유가 다소곳이 놓여 있다. 허기와 갈증을 동시에 느낀 정은희는 두유를 뜯어 마신다. 몇 시쯤 되었을까. 우두커니 앉아 있자니 동틀 녘의 검푸른 기운이 손바닥만 한 창문으로 어슴푸레 스며든다. 정은희의 복통과 구토가 가라앉듯 아이도 이제 눈을 뜨면 방실방실 웃고 옹알이를 하면 좋겠다.

하지만 다음날 아침은 아이의 괴성과 경련으로 시작된다. 정은희는 간이 철컥 내려앉고 뱃속의 창자가 꼬인다. 짧았지만 격했던 경련이 가라앉자 아이는 다시 곤한 잠 속으로 빠져든다. 아이의 이런 모습을 처음 본 최지호가 당황한다. 돈을 꺼내놓으며 이따가 다시 오겠다고 한다. 방을 나가는 최지호의 뒤태 너머로 첫새벽의 시퍼런 기운이 도사리고 있다. 정은희는 지폐를 매만진다. 시장 바닥의 흙먼지, 으깨지고 뭉개진 채소와 과일 찌꺼기, 생선 내장과 피가 군데군데 묻어 있다.

늦은 아침, 그들은 아이를 안고 병원에 간다. 의사의 반응이 심드렁하다.

"조산아니까 우선은 몇 가지 검사부터 해보죠."

이렇게 시작된 의사의 말이 길어지자 정은희가 어린애 투정 부리듯 외친다.

"아가 아파, 아가 많이 아파요, 고쳐주세요!"

정은희의 말에 의사는 잠시 주춤한다.

매뉴얼대로 검사가 진행된다. 세균 감염도 아니고 뇌에 기질적인 이상이 있는 것도 아니다. 뇌파도 나쁘지 않다. 경련보다는 오히려 신생아 황달과 아이의 영양 상태가 문제다.

"젖 양이 부족하면 분유로 보충하세요. 그러면 황달은 금방 빠져요. 예방적 차원에서 경련 약을 드릴 테니까 한 달 뒤에 다시 오세요."

약을 받아들자 정은희는 그래도 조금은 마음이 놓인다. 정말로 아이는 경련을 하지 않는 날이 많아진다. 분유의 양을 늘리자 얼굴과 몸에 노르스름하고 불그죽죽한 빛깔이 벗겨지고 뽀얀 빛이 나왔다. 밤낮없이 보채는 일도 점점 줄어들었다. 자연스레 정은희의 복통과 설사도 뜸해졌다.

몹시 무더운 어느 날, 아이는 최악의 악몽을 꾼 것처럼 날카로운 비명을 지르며 잠에서 깬다. 손바닥만 한 창문으로 환한 대낮의 햇볕이 들어와 아이를 비춘다. 청소를 하고 한숨 돌리던 정은희는 얼른 아이를 안아 올린다. 아이는 엄마의 품 안에서 금방 다시 잠이 든다. 정은희 역시 복통도 느끼지 않고 잠에 빠진다. 그리고 오랜만에, 아이를 낳고 거의 처음으로 깊은 잠에 빠져든다. 잠결에 아이가 꼼지락대고 바스락거리는 것 같은 느낌에 게슴츠레 눈을 떴다가 다시 잠든다. 앞선 잠보다 더 깊은 잠이다. 어쩌면 또 이리도 달콤한 잠이냐.

한참 뒤에 눈이 떠진다. 정신도 말짱하게 돌아온다. 손바닥만 한 창문 밖에서 검푸른 어스름이 방 안을 비춘다. 기괴한 정적이 방 안에 쫙 깔려 있다. 싸늘하고 날카로운 칼날이 몸의 표면을 순식간에 싹 스쳐가는 느낌이다. 너무 순식간이어서 공포도, 통증도 느낄 여유가 없다. 어둠의 한 귀퉁이를 아주, 아주 자그마한 살덩어리가 허허롭게 지키고 있다. 정은희는 아이를 물끄러미 내려다본다. 숨소리도, 콧바람도, 온기도 아무것도 없다. 선풍기만 저혼자 벽을 향해 바람을 쏘아대고 있다. 그 소리가 유난히 크게 들린다. 아이는 그 자리에 그대로, 이렇게 버젓이 있는데, 그러함과 동시에 없다. 신기하고 얄궂다.

정은희는 손을 뻗는다. 손끝에 와 닿는 아이의 몸뚱어리가 놀랍도록 싸늘한 감촉이다. 왠지 오래전부터 이럴줄 알았던 것처럼, 이런 일을 예감했던 것처럼 덤덤하다.

잠에 빠져 있느라 한참 동안 물리지 않은 젖이 팅팅 불어 있다. 간만의 일이다. 정은희는 아이를 안아 올리고 젖가슴을 꺼낸다. 아이는 눈을 감은 채 축 늘어져 있다. 아이의 입을 벌려 젖꼭지를 물려본다. 오물대는 따사롭고 생기 있는 느낌이 없다. 그래도 그녀는 그 자세 그대로 물끄러미 앉아 있다. 젖가슴이 뭉치면서 단단해진다. 정은희는 아이를 내려놓는다. 그리고 두 손으로 젖가슴을 잡고 넓적한 국그릇에 기계적으로 젖을 짜 담는다. 어디에 쓸지도 모른 채.

집에 온 최지호는 이내 사태를 파악한다. 아이를 안은 채 아이와 젖이 담긴 국그릇을 번갈아 보던 정은희는 울음을 쏟아낸다. 통곡이 잦아든 다음에는 훌쩍대면서 몇 마디를 내뱉는다.

"아가 쭈쭈 먹어, 아가 눈알 없어, 아가 쭈쭈 먹어……"

아이는 젖을 빨지도 않고 온기를 내뿜지도 않고 옹알대지도 않는다. 눈알을 영원토록 감춰버린 아이를 정은희는 계속 안고 있다. 아이는 여기 있다. 그런데도 아이는 없다. 아니, 아이는 여기 그대로, 버젓이 있다. 없어진 건 아이의 숨과 온기와 눈알뿐이다. 잠이 어쩌자고 그토록 깊었을까. 그사이에 대체 무슨 일이 있었던 것일까. 정은희가 '용서'라는 단어를 알았다면, 아이가 숨이 끊어지는

짧은 찰나에 쿨쿨 자고만 있었던 자신을 결코 용서할 수
없다, 라고 생각했을 것이다.

  최지호는 아이를 근처 산자락에 묻으려고 했다. 그러
나 정은희는 아이를 안은 채 멍하니 눈알만 굴렸다. 아이
가 빨기를 멈추자 젖도 몇 번 짜낼 것도 없이 금세 말라
버렸다. 급성 복통도, 수면 부족과 두통도 이제 없다. 언
제든지 밤낮없이 푹 잘 수도 있다. 그런데도 그렇지가 않
다. 있던 아이가 없어졌음에도, 처음에 없었던 때와는 다
르다. 없는 것이 아니라 이렇게 없는 채로 있기 때문인가.
아이 없이 뭔가를 하는 것이 가능하지 않다. 도무지 감당
이 되지 않는 상황이다.
  정은희는 아주 오랫동안 잊고 있었던 산책을 나간다.
8월 초, 불볕더위가 입추의 여지도 없이 빼곡히 들어찬
들쑥날쑥한 건물 사이를 속속들이 용케도 잘 파고든다.
두툼한 잠바를 걸친 정은희 역시 아이를 수건과 얇은 이
불로 돌돌 말아 품에 안은 채 어슬렁거리며 공간을 가로
지른다. 한 달여 시간을 손바닥만 한 창문 하나만 달랑 달
린 여인숙에 갇혀 있다가 온몸으로 마주한 세상이 너무
새롭다. 크고 작고 네모나고 세모나고 길고 짧은, 무수히
많은 눈알들이 정은희의 시신경을 자극했다가 슬며시 허

공중으로 내뺀다. 팔이 뻑적지근하니 아파온다. 잠깐 걸음을 멈추고 아이를 다시 보듬어 안는다. 온몸이 땀에 흠뻑 절었을 무렵, 이미 지하상가 안이다.

침침한 느낌을 주는 인공의 불빛이 가득하다. 대리석으로 장식된 분수대가 나오자 불빛도 환해진다. 물줄기가 위로 솟구쳤다가 완만한 포물선을 그리며 사방으로 떨어진다. 고래, 고래다! 뱃속의 고래가 뱃속을 나와 먹고 자고 울고 하다가 잠잠해졌다. 아이의 몸에서 언제부터인가 낯선 냄새가 올라온다. 악취도, 시취도 역함에도 역하지 않다. 그럼에도 혹여 누가 이 냄새를 맡을까 봐, 아이의 존재를 알아챌까 봐 포대기를 더 꽁꽁 싸맨다. 식품 매장을 돌 때는 더 조심한다. 몸에 한기가 든 탓도 있다.

간만에 포식을 한 정은희는 다시 분수 앞, 벤치에 앉아 있다. 스르르 잠이 들었다가 눈을 뜨면 팔에 힘이 느슨하게 풀려 있다. 불에 덴 사람처럼 아이를 힘껏, 힘을 너무 주지 않기 위해 애쓰면서 최대한 힘껏 껴안는다. 백화점 문이 닫힌다. 정은희는 벤치에서 일어나 걷는다. 백화점 쪽으로 이어지는 지하상가의 셔터가 내려진다. 지하상가들도 하나씩 둘씩 문을 닫는다. 정은희는 지하도 계단 옆에 잠시 머문다. 벙거지를 쓴 남자는 무릎을 세운 채 벽에 기대고 앉아 있다. '求職'은 그의 무릎에 가려 잘 보이지 않는다. 맞은편, 시계방에 걸린 시계들의 바늘이 일제히 정지해 있다. 정은희는 조심조심 계단을 올라간다. 해가 졌음에도 거리는 여전히 후끈하다. 너구리 인형을 팔던 노점상 옆을 지나 여인숙으로 들어간다. 아이를 내려놓는다. 방 안이 푹푹 찌는 가운데, 먼지 자욱한 선풍기 날개가 맥없이 돌아간다.

다음날도 정은희는 지하상가와 분수대와 백화점을 배회한다. 음식은 항상 맛있고 공기는 항상 청량하다. 아이는 항상 품에 안겨 있고 얌전하니까 좋다. 젖이나 분유를 먹일 필요도, 기저귀를 갈아줄 필요도, 달래줄 필요도 없다. 젖도, 분유도, 심지어 숨도 먹지 않아, 아이는 점점 더 작아지고 점점 더 가벼워지는 것 같다. 이대로 조용히 살도, 뼈도 다 어디론가 사라져버릴 것 같다. 정말 그럴까 봐 애가 탄다.

며칠 뒤 기어코, 올 것이 온다. 정은희는 몸을 뒤로 빼며 두 팔에 힘을 꼭 준다. 시커먼 고래 사냥꾼들. 어릴 적 재활원의 텔레비전 속에 나오는 남자들. 그들은 왠지 하나같이 시커멨다. 그녀를 못살게 굴던 그들이 텔레비전 속을 나와 아이를 빼앗아 가려 한다. 있던 아이가 없어진다니. 영영 없어진다니. 참을 수 없이 슬프다. 참을 수 없이 무섭다. 없던 것이 있게 된다. 있던 것이 없어진다. 고래를 빼앗기지 않으려고 안간힘을 쓸수록 고래 사냥꾼들의 공격은 더 거세다.

"아저씨가 어떻게 좀 달래보세요, 예!"

그들의 독촉에 최지호가 나선다. 시커먼 고래 사냥꾼 무리 속에서 그를 발견한 정은희는 오히려 더 기세등등하고 막무가내이다. 그럼에도, 한사코 빼앗기지 않으려고 품에 꼭 안고 있던 아이는 결국 그들의 손에 떨어진다. 이불과 수건을 다 풀기도 전에 시취가 주변을 가득 채우며 부패한 살덩어리가 드러난다.

"아가, 아가, 아가야……"

흐느끼는 정은희를 감싸 안은 최지호 주위로 사람들이 가득하다. 얼핏 벙거지를 쓴 남자도 보이는데, 이번에도 '求職' 판자와 함께이다.

다음날 신문에 부산의 모 백화점 근처, 지적장애 여성이 숨진 미숙아를 한 달 가까이 안고 다녔다는 내용의 기사가 뜬다.

아이의 시신은 산기슭에 묻히지 않았다. 정은희와 최지호는 아이의 유골함을 들고 바다로 갔다. 그들은 재활원을 등지고 앉아 가루가 돼버린 아이를 훌훌 뿌렸다. 허공으로 흩어지는 것이 하늘로 가는지, 바다로 가는지 알 수 없었다. 날은 무덥고 바다는 잠잠하고 갈매기 소리는 우렁찼다. 정은희는 기분이 이상하다. 꼭 이 모든 일이 실제로 일어난 것이 아닌 것만 같다. 축 늘어진 뱃가죽만이 뱃속 고래의 흔적처럼 남아 있다. 하지만 고래는 이제 뱃속에도, 배 밖에도, 그 어디에도 없다. 꿈같다. 고래의 꿈에서 깨어난 그들은 기차를 탔다. 여인숙을 나오며 무심결에 잡은 너구리 인형이 정은희의 품에 안겨 있다.

다시 B동에 온 그들은 외진 곳의 한 여관에 자리를 잡는다. 최지호는 근처 마트에서 일하고 정은희는 다시 인형의 눈알을 붙인다. 그녀는 혼자 있는 밤이 무섭다. 밤을 보지 않으려고 얼른 눈을 감는다. 창밖에서 여관방 안으로 거대하고 시커멓고 기다란 짐승처럼 스멀스멀 기어드는 어둠, 저 밤의 움직임이 무섭다. 그러나 잠조차 그녀를 매정하게 내친다. 검푸른 어둠을 가르며 천천히, 그러나 무자비한 힘으로 고래가 다가온다. 정은희는 두툼한 잠바를 걸친 채 푹푹 찌고 눅진대는 거리를 배회한다. 오랜만에 들어선 '모비딕'.

"커피 주세요."

캐러멜이 들어간 커피가 달달하다. 달달하면서도 짭조
름하다. 축축하다. 쓰다. 얄궂다.

* 2장은 『문학사상』 2017년 7월호에 단편으로 발표되었음.

다시, 스침들

3장
학구적인 그녀를 추억함

오랜만에, 체인스모커

여러분, 나는 지금 한 편의 글을 시작하려 한다. 어떻게 시작할까? 몇 가지 안을 제시할 테니 골라보시라.

1. "나는 아픈 인간이다……" 아니다. 나는 바퀴벌레처럼 튼튼한 인간이다.
2. "오늘 엄마가 죽었다. 아니 어쩌면 어제." 아니다. 나의 엄마는 여전히 살아 있고 역시나 바퀴벌레처럼 튼튼하다. 단, 튼튼한 몸이 괘씸해 흡연으로 망가뜨리고 있다. 그녀는 체인스모커, 즉 골초이다.

3. "늙어간다는 것은 하나의 커다란 죄악이다. 하지만 그것에 대해 사람들은 또한 모면할 수 없이 죽음으로 벌을 받게 될 것이다." 늙는 것도, 죽는 것도 서러운데 이렇게 못된 말을 한 놈은 혼쭐이 나야겠다.

4. "저 늙은 성자는 너무 오랫동안 숲속에 은둔해 있어서 신이 죽었다는 소식조차 듣지 못했다. 모든 신은 죽었다." 신이 사형 선고를 받은 이유는 그가 모든 것을, 특히 인간의 치부를 보았기 때문이다. 이 신은 죽지 않으면 안 된다. 인간은 목격자의 생존을 원하지 않는다. 이어지는 반전은?

5. "몇 세기 동안의 망명을 끝내고 신들이 돌아와 우리 앞에 섰다. 우리는 신들이 마지막 패를 돌리고 있음을, 만일 우리가 공포나 동정에 사로잡히게 된다면 급기야 우리를 파멸시켜버릴 것임을 깨달았다. 우리는 우리의 육중한 권총을 끄집어냈고(우리는 이 꿈속에서 갑자기 권총을 갖고 있었다) 즐겁게 신들을 쏘아 죽였다." 진정한 살인, 아니, 살신(殺神)이다.

어느 날 저녁, 김건우가 누군가의 부재를 의식하며 쓴 메모이다. 아마도 죽음이나 신이나 허무주의 같은 무거운 주제에 천착한 듯한데, 우리의 상상 속에서 그는, 정은희가 눅눅하고 애절한 감상소설의 주인공이듯, 연애소설의 주인공이다. 하지만 유감스럽게도 미남은 아니다. 키는 크지만 몸통이 지나치게 두툼하고 넓적한데다가 팔다리 역시 짧고 굵직하다. 이목구비는 또렷한 편이지만 머리통이 몸통 못지않게 큼직하다. 일찌감치 외모에 경쟁력이 없다고 생각한 그는 옷차림 따위에는 신경을 전혀 안 쓰는 척했고 그러다 보니 단점이 더 부각되는 얄궂은, 말하자면 위악적인 차림새가 되었다. 커다란 주머니가 덕지덕지 달린 헐렁한 카고 바지, 어둡고 칙칙한 색감의 티셔츠. 여기에 큰 두상을 감추려고 오랜 숙고 끝에 고른 아이템이 바로 벙거지이다. 그런데 통상 헐거운 느낌을 주어야 하지만 어딘가 작아 보이는 벙거지와 주름 잡힌 넓은 챙 때문에 그놈의 큼직한 머리통이 더 버젓해 보인다. 정은희가 서면 지하상가 입구, 시계방 앞, 계단에서 보는 미남 거지의 벙거지와는 정반대다.

김건우, 이 벙거지 문청은 오늘 밤도 소설을 꿈꾼다. 그것이 학구적이고 건조하면서도 감성적이고 관능적인 소설이 되기를 바란다. 더불어, '모비딕'의 그녀를 꿈꾼다. 그녀란 더치커피 기계를 매만지고 올망졸망 다섯 개의 허브 화분을 돌보는 오인(五人) 중 하나이다. 뽀얗고 갸름한 작은 윤곽의 얼굴에 이목구비가 소담하게, 새치름하게 새겨져 있고 날렵한 턱과 동그란 두상에서 가늘고 긴 목으로 이어진 선이, 또 목에서 어깨로 이어지는 섬세하고 가냘픈 선이 아름다운 스물일곱의 여자이다. 그녀는 '모비딕'의 꽃, 화사하고 청신한 꽃이다. 말과 웃음이 거의 없고, 때문에 도도하다는 인상을 줄 법하다. 이름은 유서정이다. '유'라는 성도, '서정'이란 이름도 고즈넉한 풍경화 속 싸늘한 그믐달처럼 정적이고 아름다운 그녀의 얼굴에, 그 몸짓과 분위기에 잘 어울린다. 그녀가 아침에 타주는 첫 커피, 따뜻한 아메리카노에도 잘 어울리는 이름이다. 어느 봄날 그는 그녀의 이름을 알게 되었다. 그럼에도 커피를 주문할 때마다 커피 메뉴 앞에 붙이고 싶은 "서정 씨"라는 호칭은 입에 담지 않는다. 흡사 언젠가 찾아오길 바라는 기념비적인 순간을 위해 아껴두는 것 같다. 오늘 밤도 '서정 씨'와 함께하는 연애의 상상이 거듭된다.

새벽 4시쯤, 연애의 상상이 극심한 복통으로 바뀐다. 몸을 제대로 펼 수도 없는 상태로 김건우는 응급실로 이송된다. 소변 검사, 혈액 검사, 엑스레이 촬영, 그리고 링거의 연속, 자다 깨다를 반복하는 중에 끊임없이 구토가 이어진다. 어느새 창밖이 환하다. 거의 싯누런, 아니 시퍼런 담즙만 고인 작은 쓰레기통이 몇 번 사라지고 간호사가 여러 번 다녀간다. 어느새 바깥이 어둑어둑하다. 환갑은 족히 넘겼을 법한 의사가 나타난다.

다시, 스침들

"보호자 안 와요, 학생? 별 이상도 없는데 열이 안 떨어지니, 원. 여차하면 입원해야 할 것 같은데?"

몸과 의식이 만신창이가 됐음에도 김건우는 자신이 '학생'으로 불렸다는 사실에 정신이 번쩍 든다. 자타가 공인하는 노안인 그는 '학생'이라는 말에 정말 학창 시절로 돌아간 것 같은 착각이 든다. 그렇다, 벙거지 문청 시절. 그러자 '엄마'가 막 떠오른다. 침대 옆, 조그만 쓰레기통에 또 한 번의 담즙을 토해내고는 바로 엄마를 호출한다.

"어, 건우야."

아들의 이름을 부르는 엄마의 나직한 음성이 정겹고 편안하다.

"엄마, 있잖아, 엄마, 나 지금 병원인데⋯⋯"

"뭐? 거기 어디 병원이야? 어디가 아파? 어디 다쳤어, 어?"

금방 엄마의 언성이 올라가고 부산을 떠는 소리가 들린다. 잘못 찔러진 주삿바늘처럼 따끔하며 마음도 아프다. 영락없이 외딴 곳에 홀로 남겨져 두려움에 떠는 어린 벙거지 문청이다.

"엄마, 빨리 와. 열이 많이 높대."

위액은 고사하고 담즙도 올라오지 않는 상황, 즉 토사

물 없는 구토의 연속이다. 의식과 무의식의 막간에서 김건우는 한 늙은 여자를 본다. 김향안. 그녀는 국문학 박사이자 교수이며 몇 권의 연구서에 덧붙여 어설픈 소설집과 수필집을 낸 작가이다. 덧붙여, 김건우가 쓴 대로 체인스모커, 즉 골초이다. 그녀는 자린고비처럼 아낀 일분일초를 거의 몽땅 흡연에, 또 흡연하는 건강한 육체를 만들기 위해 수면에 쏟고(이 점에서 그녀는 4장의 변동림과 유사하다) 자신의 이런 흐름에서 벗어나는 것을 죽도록 싫어한다. 이토록 이기적이고 퇴폐적인 그녀도 엄마로서는 일년 열두 달, 이십사 시간 대기조에 청승맞고 궁상맞다.

"좀 괜찮아, 어? 배는 이제 안 아프니? 목이 엄청 마를 텐데…… 물도 주지 말라더라. 건우 너, 엄마가 뭐라고 그랬어? 밥 좀 잘 챙겨 먹으라고 그랬지? 엄마 말을 그렇게 안 듣고……"

걱정스레 주절대는 엄마의 목소리가 자장가 같다. 슬금슬금 눈이 감기면서 환갑을 넘긴 늙은 여자 대신 스물일곱의 젊은 여자가 어른거린다. '모비딕'의 유리벽 너머 흐릿한 반신 초상화처럼 앉아 있는 유서정. 거물거물한 의식 속에서 그녀와 함께하는 장면 하나가 그려진다. 창가, 목조 테이블, 올망졸망 다섯 개의 허브 화분, 그 앞에 놓인 커피 두 잔. 따뜻한 아메리카노 한 잔, 그리고 서정 씨가 마실 커피 한 잔. 하얀 생크림을 얹은 에스프레소 콘파냐. 그녀의 메뉴로 왜 이 커피가 상상되는지 알 수 없지만, 조그만 찻잔 속 진한 에스프레소 위에 얹힌, 적당량의 질소가 함유된 크림 때문일 법하다. 상상 속에서 둘은 함께 나란히 앉아 앞을 응시한다. 주로 말이 없다가 간간히 한두 마디를 주고받는다. "비가 올 것 같아요." "예." "초록색 버스, 예쁘죠?" 잠시 감은 눈꺼풀 위로 한여름의 석양이 내려와 간지럼을 태운다. 눈을 뜬다. 상상 밖의 김건우도 눈을 뜬다. 시간이 한참 지난 것 같다.

그와 그녀는 어떤 운명으로 아들과 엄마로 만난 것일까. 서른을 넘긴 외동아들을 물끄러미 내려다보며 앉아 있는 예순을 넘긴 여자. 아들의 고통을 강 건너 불구경하듯 무심히 대하는 것도 같고, 동시에 그 모든 통증을 자기가 감내하는 양 인상을 쓰는 것도 같다. 나의 고통이든, 아들의 고통이든, 제삼자의 고통이든 다 상관없이 어째 꾸벅꾸벅 조는 것도 같다. 김건우는 꼬마였을 때처럼 엄마에게 비밀 하나를 털어놓고 싶다. "엄마, 나 또 좋아하는 사람 생겼어." 혹은 "엄마, 나 또 연애하고 싶어." 그러나 말은 목구멍 속에서만 맴돌다가 뱃속으로 내려가서 명치끝에 걸려버린다. 구토증이 다시 심해진다.

퇴원 직후, 네다섯 평 남짓한 원룸, 김향안은 죽을 끓인다.

"엄마, 걔 결혼했어."

"너보다 네 살이나 많았잖아? 이제 애가 둘이라도 안 이상할 나이지."

"엄마, 걔, 아직도 담배 피울까? 가끔은 궁금해."

"야, 엄마는 네가 언제쯤 담배 끊을지가 궁금하다!"

김향안의 유쾌한 농담과 웃음에 정신이 번쩍 든 듯 김건우는 담배를 꺼내 문다.

"이놈이! 몸도 다 안 나았는데 무슨 담배야, 엉? 그것도 방 안에서? 방도 비좁고 통풍도 잘 안 되고, 아니, 저 앞에는 뭐한다고 또 건물이 들어서선! 감옥이 따로 없다, 감옥이. 무슨 궁상을 떤다고 이런 데 사니? 겨울엔 제발 이사 좀 하자, 어?"

하지만 설거지를 끝낸 다음에는 김향안도 담뱃갑을 뒤적인다.

"엄마, 엄마도 담배 끊어본 적 있어?"

"있지."

"언제?"

"언제는, 너 임신한 거 알았을 때지. 솔직히 당장에 담배 끊기가 죽기보다 더 싫었어. 꼬박 하룻밤 동안 담배

한 갑을 연거푸 피우며 생각했지. 끊기로. 그러고 자고 일어나서부터는 아예 입에 안 물었어. 원래는 너만 낳고 나면 다시 피울 생각이었는데, 젖을 안 먹일 수 있냐? 젖 뗄 때까지 또 참았지. 얼마나 참았으면 엄마가 날짜를 다 기억한다. 12월 1일. 끊은 것도 그날이고, 다시 피운 것도 2년 뒤 그날이고."

"기왕 끊은 거 계속 끊지 그랬어? 아깝게."

"장난하냐? 이 좋은 걸 왜 끊어?"

김향안은 또다시 담배 한 모금을 들이마신다. 열린 창문으로 한 번 빠져나갔던 담배 연기는 바로 맞은편에 들어선 신축 원룸 건물에 부딪쳐 다시 방 안으로 들어온다.

담배 피우는 할머니. 담배 피우는 환갑을 넘긴 여자. 괜찮다. 그러나 어린 시절, 담배 피우는 젊은 여자, 더욱이 담배 피우는 엄마는 난감하기 그지없는 언어 조합이었다. 엄마는 어린 건우에게 유일한 타자였다. 이 타자는 담배를 피웠다. 골초였다. 그들이 단둘이 사는 집은 어디든 담배 냄새가 절어 있었고 곳곳에 재떨이가 놓여 있었다. 유일한 예외라면 어린 건우의 방이었다. 반면 엄마의 방은 담배 그 자체였다. 넓은 방은 문이 달린 벽면을 빼면 사방이 다 높은 책장이었다. 심지어 책상 위쪽에 선반을 달아 책을 꽂거나 올려놓았고 방바닥에도 책이나 각종 종이 뭉치가 널브러져 있었다. 그 책 사이사이 지뢰처럼 담뱃갑과 재떨이가 있었다. 재떨이는 대여섯 개는 족히 됐는데, 하나같이 각기 다른 재질과 모양에 자기만의 개성을 뽐내는 멋스러운 것이었다. 세공이 많이 들어간 두툼한 크리스털 재떨이, 고려청자처럼 은은한 빛을 내는 독특한 재떨이, 치킨 호프집에서 나오는 가볍고 둥근 양은 재떨이, 살가운 여고생 취향의 연분홍색 키티가 그려진 납작한 접시 모양의 재떨이…… 아닌 게 아니라 더러는 밑이 옴폭하게 파인 이빨 빠진 접시나 넓적한 국그릇이 재떨이로 쓰이기도 했다. 화장도 하지 않고 머리 모양도 잘 안 바꾸는 엄마이지만 재떨이 컬렉션 관리에는 어지간히 부지런을 떨었다. 어쩌면 담배를 한 종류만 피웠기 때문에 그런 것이었는지도 모르겠다. 엄마의 담배는 여느 담배보다 가늘고, 아마도 가늘기 때문에 더 길어 보이는 것이었다. 엄마의 방은 가느다란 담배가 만들어내는 매캐한 연기로 가득 차 있었고, 담배의 모양새도, 연기의 모양새도, 두툼한 김건우의 몸과는 달리 가늘고 긴 엄마의 몸, 그 못지않게 가늘고 길어서 피아노 위에 얹으면 아름다울 것 같은 엄마의 손가락에 잘 어울렸다.

그럼에도 어린 건우는 담배가 싫었다. 담배 피우는 엄

마가 싫었다. 어린 건우를 위해 다진 당근과 깻잎, 버섯이 들어간 감자전을 해주는 엄마, 자장가를 불러주는 엄마, 동화와 동시를 읽어주는 엄마, 어린 건우와 함께 레고를 쌓고 허무는 엄마. 이 모든 엄마는 엄마, 그러니까 좋은 엄마, 예쁜 엄마였다. 하지만 담배 피우는 엄마는 어딘가 엄마가 아니었다. 그 엄마는 문을 꽁꽁 닫아두고 있었다. 그 문 너머에서 나올 때면 매캐한 냄새와 뿌얀 연기가 온몸에 묻어 있었다. 간혹 열린 문 틈새로 보이는 엄마는 길고 가는 손에 역시나 길고 가는 담배를 쥔 채, 또 무뚝뚝하고 삼엄한 표정을 지은 채 책상 위에 펼쳐진 책이나 컴퓨터 화면, 심지어 그냥 허공 어딘가, 그냥 책장 어딘가, 책과 책의 틈새에 낀 회색 먼지 같은 것에 시선을 던져두고 있었다. 어딘가 엄마 같지 않은 엄마였다. 그 이물감 때문이었을까. 어린 건우는 담배라면 지금도, 앞으로도 절대 피우지 않기로 결심했다. 실제로 한동안은 그랬다. 엄마 못지않은 골초를 만나기 전까지는 말이다.

　"그래, 이 좋은 걸 왜 끊냐……"

　김향안은 반복되는 후렴구처럼, 한숨처럼 똑같은 말을 내뱉으며 또 한 번 연기를 뿜어낸다. 간만에 엄마 노릇을 한 것이 얼마나 고됐는지 한 대를 다 피운 끝에 새 담배를 꺼내 문다. 그 맛도 좋다. 엄마의 배역을 벗어던진 저 여자를 보며 김건우는 또다시 '골초', 아니 '체인스모커'라는 말을 떠올린다. 체인스모커는 원룸이나 통풍이나 환기나 감옥이나 아들 밥이나 아무것에도 관심이 없다. 오직 하나, 꼬리에 꼬리를 무는 담배의 사슬만을, 소멸하는 담배 연기를 생성되는 새 담배 연기로 되살려내는 것만 생각한다. 줄담배를 피우며 자신의 몸뚱어리와 목숨과 인생을 몽땅 그 사슬로 묶어버리고 있는 예순 살을 넘긴 여자. 그녀가 피우는 담배는 변함없이 길고 가늘다. 그 길고 가느다란 담배가 쥐어진 손가락 역시 여전히 길고 가늘지만, 살갗이 거무스름하고 헐겁다.

엄마를 배웅하고 돌아오니 관리인이 1층 복도를 청소하고 있다. 햇볕의 열기가 좀 잦아든 늦은 오후다.

"407호죠? 택배 안 찾아가요?"

관리인의 손에 이끌려 지하의 관리실로 내려간 김건우는 입원 전에 주문한 책 박스를 받아든다.

"어디 여행 다녀오셨어요? 온 지 며칠 됐어요."

김건우가 발걸음을 떼기가 무섭게 또다시 그의 목소리가 들린다.

"아참, 이것도 가져가세요."

관리인이 두번째로 내민 작은 종이 박스에는 우체국택배라는 마크와 김건우의 이름과 주소, 전화번호가 적혀 있다. 발신자는 무슨 회사였다.

　"이런 거 주문한 적 없는데요."

　고개를 갸우뚱하며 김건우는 그것도 챙겨 들었다. 별로 무겁지도 않은데 빈혈을 앓는 사람처럼 눈앞이, 머릿속이 핑 돌고 다리에 힘이 쭉 빠지고 뱃속도 슬슬 꼬이는 것 같다. 역시 담배는 몸에 해롭다. 온몸에 다 해롭지만 특히 위장에 해롭다. 엘리베이터 안 거울에 비친 얼굴은 핏기 하나 없이 하얗다. 구태여 무슨 색을 더 얘기하라면 샛노랗다. 큼직한 얼굴에 광대뼈는 고봉준령처럼 솟아 있고 두 뺨은 운석이 떨어진 구멍처럼 움푹 파여 있다. 이 때문에 두 눈은 사화산의 분화구처럼 얼굴 표면 안쪽으로 깊숙이 함몰되어 있다. 그 눈 밑으로는 시퍼런 혈관이 툭 튀어나와 죽음의 문 앞에 달린 무겁고도 둥그런 손잡이처럼 거무스름한 원을 만들고 있다. 하염없이 담배 연기를 내뿜는 환갑을 넘긴 여자가 떠오른다.

　방 안, 엄마의 담배 연기는 고여 있지만 엄마는 없다. 대신 어떤 끈적끈적한 불편함, 질척질척한 서걱거림, 서늘하고 허한 건조함 같은 것이 흔적으로 남아 있다. 그럼

에도 오롯이 자기만의 공간에 남겨진 김건우는 우선 책
박스를 연다. 여기에 끼어든 이 느닷없는 발신인 불명의
소포는 무엇이냐. 미궁에 대한 추측이 시작되면서 고양이
같은 호기심과 토끼 같은 경계심이 동시에 끓어오른다.
온몸이 얼음 덩어리가 가득 든, 불타는 도가니 속으로 빠
져드는 것 같다. 조심스럽게 겉 포장을 뜯는다. 비디오테
이프다. CD나 DVD도 아니고 이 시대착오적인 물건은 뭐
지. 당장 내용을 확인하고 싶어도 비디오가 없다. 요즘 누
가 비디오를 보나. 포장지 위에는 아무것도 그려져 있지
도, 쓰여 있지도 않다. 도대체 누가 보낸 걸까. 비디오테
이프를 뚫어져라 응시한다. 설마 폭발물? 비디오테이프의
겉 포장지에 적힌 전화번호를 눌러본다. 결번이라는 메시
지만 반복적으로 들릴 뿐, 도무지 연결이 되지 않는다. 그
다음에는 곧바로 컴퓨터를 켜고 인터넷에 접속한 뒤 포장
지에 적혀 있는 회사명을 검색해본다. 아무것도 뜨지 않
는다. 지금까지의 단발적인 공포는 서서히 사람의 숨통을
죄고 영혼을 잠식하는 불안으로 바뀐다. 온갖 어두운 상
상이 끝 간 데 없이 이어진다. 김건우는 비디오테이프를
한쪽으로 밀쳐두고 본격적으로 웹서핑을 시작한다.

포르노그래피 속 벙거지 문청과
학구적인 그녀

　웹의 바다, 포털사이트, 영화, 애니메이션. 그러는 사이 원룸 밖, 그야말로 1미터도 안 될 것 같은 거리를 두고 들어선 새 원룸 건물의 벽돌 위로 어둠이 자욱이 내렸다. 김건우는 이윽고 포르노그래피에 이르렀다. 음란물이나 야한 동영상이나 야동 같은 말이 아니라 '포르노그래피'라는 말은, 가당찮지만, 어딘가 지적인 울림이 있다. 엄마가 다녀간 직후라, 어른들이 집을 비운 사이 아이들이 만끽하는 자유처럼, 그것은 더 짜릿하다. 여전히 울렁이고 메스꺼운 속의 눈치를 살피며 조심스레 담배를 피운다. 담배의 맛도 살뜰하다. 여기서 김건우는 구청 안과 그 소속 '키즈 플라자'는 물론이거니와 '모비딕'에서도 절대 볼 수 없는 것을 본다. 수면과 샤워를 제외하면 오직 이 순간을 위해 이 원룸이 존재하는 것 같다.

　포르노그래피의 향연이 펼쳐진다. 그중 고르고 골라 엄선된 하나의 동영상에 머문다. 이십대 초반의 젊은 남녀, 깔깔대는 웃음, "너, 그거 올리면 안 돼!"와 같은 무성의한, 순전히 재미 삼아 하는 말들, 성기의 삽입이나 마찰이 아니라 몸의 부대낌, 두 몸뚱어리의 배경이 되는 촌스러운 꽃무늬 벽지, 신음 소리보다 더 자극적인 삐걱대는 침대 소리. 연기일까. 연기일지라도 진짜처럼 보이면 그건 연기가 아니다. 포르노그래피 속의 청춘, 그들의 몸과 그들의 섹스가 맛있다. 맛깔스럽고 탐스럽다. 여자아이의 자그마하고 탱탱한 젖가슴, 남자아이의 매끈하고 뽀얀 가슴팍, 여자아이의 날씬한 사타구니와 그 사이 윤기가 흐르는 소담한 음모, 언뜻언뜻 스치고 가는 남자아이의 성기. 성기 역시 멋쩍거나 징그러운 금기의 대상이 아니라 사과, 복숭아, 오이, 이런 것처럼 싱그럽고 상큼하다.

김건우 역시 어느덧 벙거지 문청으로 돌아간다. 행여나 있을지도 모르는 몰래카메라, 때론 비디오방, 때론 자취방, 비디오테이프…… 이런 연상의 거미줄에 절로, 자연스레 그녀, 벙거지 문청의 옛 사랑이 걸려든다. 송은경. 이 이름 석 자가 기어코 떠오른다. 떠오르는 것을 막고 싶다. 그런데도 한사코 떠오른다. 제법 버텨보던 김건우는 차라리 벙거지 문청으로 돌아가 송은경의 추억 속에 함몰하는 쪽을 택한다. "엄마, 걔 결혼했어." "엄마, 걔, 아직도 담배 피울까? 가끔은 궁금해." 이 말 속의 '걔'이다. 아! 혹시 저 발송인 불명의 비디오테이프는? 그 속의 주인공이 설마 벙거지 문청과 그녀인 건 아닐까? 벙거지 문청은 순식간에 김건우로 돌아온다. 얼굴이 확 달아오르며 화끈거리고 오금이 저린다.

벙거지 문청의 주변에는 담배를 배우는 대학생들이 많
았다. 골초도 더러 있었고 여학생도 적지 않았다. 담배 피
우는 여학생은 낯설지 않았으나 송은경의 흡연 풍경은 항
상 어딘가 웃겼고 어딘가 학구적이라는 느낌을 주었다.
그녀는 작았다. 작아도, 작아도 너무 작았다. 흡연하는 여
대생이라고 다 키가 커야, 늘씬해야 할 필요는 물론 없으
리라. 하지만 얼굴도, 손발도, 몸집도, 그리하여 몸짓도
다 작은 초등학교 3학년생 같은 여자가 다리를 꼬고 앉
아 담배를 입에 문 채 어디 먼 곳을 응시할 때는 참 웃겼
다. 그런 자세로 잠시 담배를 입에서 떼내고 연기를 내뿜
고 깊은 한숨을 내쉴 때도 웃겼다. 좀더 지난 다음, 몇 시
간 동안 침대와 화장실만 오가며 뒹굴뒹굴 두세 번의 정
사 사이, 알몸으로 혹독한 갈증 끝에 시원하고 상쾌한 물
을 마시듯, 혹은 허기진 배를 제일 좋아하는 음식으로 채
우듯 맛깔스럽게 담배를 피워대는 모습이 웃겼다. 웃겼
고, 또 귀여웠다. 학교 근처, 철제 식탁, 순대와 곱창과
깻잎과 당근과 양배추와 양파와 들깨가 가득 들어간 매
콤한 순대볶음에도 그런 것이 있었다. 김건우의 기억 속
에서 그녀는 밥을 먹을 때도 담배를 피웠던 것 같다. "아,

매워!" 입안의 매운 기운을 쫓아내겠다는 듯 작은 손을 나비의 날갯짓처럼 팔랑팔랑 흔들어대다가 담배에 불을 붙이고 또 한 대 꼬나물었다. 앗, 가만! 식당에서 담배? 그렇다, 10년도 훨씬 전. 술을 같이 파는 식당이라면 담배 정도는 거뜬히 피워도 되는 좋은 시절, 아니 퇴폐적인 시절이었다.

어떤 장면 속의 송은경은 은근히 서정적이다.

옅은 회색빛의 도서관 건물, 그 앞으로 경사가 완만하고 폭이 넓은 계단이 몰락한 어느 제국의 역사처럼 구구절절이 이어지고 그 앞으로 황량한 광장이 펼쳐진다. 그곳을, 참 겉늙어 보여 '문청'의 별명에 부합하는 대학 초년생 김건우가 물이 다 빠진 허름한 청바지에 후줄근한 티셔츠를 입고 두툼하고 큼직한 머리에 검은색 끈이 달린 카키색 벙거지를 덮어쓴 채 걷고 있다. 겨드랑이에 대학 노트를 끼고 있는데 그가 쓴 소설 원고이다.

맞은편, 송은경이 걷고 있다. 벙거지 문청과는 정반대로 너무 작은 키에 얼굴도, 몸집도, 손발도 모두 너무 작다. 사람이 아니라 사람의 모형이 움직이는 것처럼 작은 여자다. 그녀의 손에 들린, 간간히 그녀의 입술에 붙었다 떨어졌다 하며 연기를 만들어내는 하얀 담배가 얼핏 스쳐간다. 그 순간, 벙거지 문청의 겨드랑이가 움찔한다. 역시나 그 순간, 바람이 획 불어와 그의 원고가 날아가고 그는 원고를 잡으려고 버둥거린다. 그때 그의 몸짓에 반주를 넣어주던 것이 노란 은행잎과 빨간 단풍잎인지, 초록색 자작나무 잎인지, 연분홍색 벚꽃인지 잘 기억나지 않는다. 아무튼 그 순간, 그녀는 얼른 능숙한 솜씨로 담뱃불을 털어버리고 꽁초만 손에 쥔 채 그의 원고를 한 장이라도 더 잡기 위해 뛰어온다. 벨트를 한 것도 같은 청바지는 헐렁하고 역시나 헐렁한 티셔츠의 전면에는 고흐 것인지 뭉크 것인지 아무튼 「별이 빛나는 밤」이 그려져 있다. 긴팔이었는지, 반팔이었는지도 가물가물하다. 어쩌면 그녀가 너무 작아서 반팔도 긴팔처럼 보였을지도 모른다. 담뱃불을 끄자 그녀의 몸놀림이 더 자유롭다. 거센 바람에 그녀의 티셔츠가 뒤로 밀리면서 올록볼록한 몸매가 고스란히 드러나고 단발머리가 바람에 휘날리며 몹시 작은 얼굴에 오목조목 박힌 쌍꺼풀 없이 큰 눈, 오뚝한 콧날과 뾰족한 코끝, 살짝 벌어진 얇은 입술이 도드라진다. 놀란 표정에 살짝 열린 입, 봉긋 솟은 젖가슴과 잘록한 허리와 양감 있는 엉덩이, 무엇보다도 허공에 흩날리는 낱장의 노트를 잡으려 달리는 그녀의 실루엣에 눈이 아려오고 가슴이 벌렁거린다. 그때 발기했을까? 갑자기 이런 질문이 떠

올라, 서정적인 장면에 걸쭉한 정액을 뿌린 형국이 된다. 이건 김건우가 지금 포르노그래피를 보고 있기 때문이다. 회상의 물꼬는 자연스레 비디오방 쪽으로 터진다.

그토록 많은 비디오방 어딘가에서 그런 일들이 있었을 것이다. 처음 그녀의 입술을 열고 뜨거운 입맞춤의 의미를 알게 되고 처음 그녀의 블라우스 속에 손을 집어넣고 처음 그녀의 팬티 속에 손을 집어넣고…… 기억이 가물가물한 가운데 하나는 분명하다. 그때마다 왕가위 영화, 그게 아니더라도 장국영, 양조위, 유덕화, 여명, 임청하, 장만옥, 유가령 등이 순열과 조합처럼 번갈아 등장하며 한 편의 홍콩 느와르가 재생된다. 아, 그건 어딘가 모텔이었나.

비디오방이 모텔로 바뀌자 벙거지 문청과 학구적인 그녀의 동영상도 '15세'를 넘어 어느덧 '19금', '청불'로 바뀐다. 눅눅한 정사, 축축한 정사, 메마른 정사, 격정적 정사, 서글픈 정사, 과격한 정사, 온화한 정사. 많은 야한 밤들이, 심지어 많은 야한 낮들이 있다. 언제나 어디서나, 정사의 시작과 정사의 끝에는 담배가 있다. 정사 중에는 피우지 않아 그나마 천만다행이다. 첫 정사, 오직 그때만은 그녀가 담배를 피우지 않았다는 사실이 상기된다. 또 하나, 그녀가 깜짝 놀랐다는 것. 벙거지 문청은 왠지 그녀가 사랑의 대가이자 정사의 대가일 것이라고 생각했다. 하지만 실은 모든 것이 너무 서툴렀고 너무 웃겼고 너무 귀여웠다. 그녀는 담배를 꼬나문 채 오만상을 쓰며 이런 말을 던졌다.

"아무리 처음이라도 너무 못했어, 속상해."

매사에 완벽주의자를 꿈꾸며 학구적이었던 그녀의 찡그린 표정 위로 어김없이 담배 연기가 뽀얗게 드리워졌다. 그녀는 그가 알았던 사람 중 가장 학구적이었고, 그와 정사를 나누는 것을 무척 좋아했고, 그 정사에 있어서도 시종일관 무척 학구적이었다.

흡연하는 학구적인 그녀와의 정사, 하고 많은, 그럼에도 더 많이 하고 싶은 정사의 흔적은 캠퍼스의 으슥한 곳, 주차장에도 깃들어 있었다. 벙거지 문청은 차는커녕 운전면허증도 없었다. 하지만 송은경은 운전을 할 줄 알았는데, 폐차 일보 직전의 낡은 차를 말 그대로 어디선가 주워 왔다. 보험도 들지 않은 차를 몰고 다니는 위험천만한 일을 시작한 것은 아무래도 운전대를 잡고 담배를 피우는 자신의 모습에 탐닉하기 위해서였지 싶다. 조막만큼, 코딱지만큼 작은 그녀는 등짝이 쩍 벌어진 커다란 머리통의 벙거지 문청을 옆 좌석에 태우고 처음에는 학교 안팎을, 서울 시내 곳곳을, 서울 근교를 들쑤시고 다녔다. 장거리 지방 여행은 가지 않았는데, 송은경이 정녕 학구파였기 때문이다. 김건우가 복기하는 기억의 어느 시점에서 그녀는 대학원생이었고 유학을 준비했다. 그녀가 무엇보다도 아낀 것은 김향안처럼 시간이었는데, 그렇게 자린고비처럼 아껴 창고에 꼭꼭 모셔둔 시간을 김건우와 만나고 정사를 나누는 데 썼다 함은, 그녀 역시 그를 무척이나 많이 사랑했다는 의미이다. 그랬으리라.

낡은 필름의 한 토막에 새겨진 곳은 밤이 내린 캠퍼스, 겹겹이, 첩첩히 둘러싸인 산들 사이 어딘가, 드문드문 서 있는 건물을 배경으로 펼쳐지는 공터였다. 공터의 한쪽은 가파른 내리막길이고 맞은편에는 침엽수림이 울창했다. 어둠이 자욱해 건물도, 주차된 차도, 나무도 무뚝뚝한 음화(陰畵)가 됐다. 그 모든 것 위에 드리워진 검푸른 하늘도 음화였다. 그 사이로, 침엽수림 앞에 늘어선 자판기 몇 개가 불편한 인공의 불빛을 뿜어냈다. 그것을 피해 멀찍이 주차된 차 중 곳곳에 긁힌 자국이 있고 오물이 묻어 있는 낡고 허름한, 심지어 좀 찌그러진 하얀 차에 벙거지 문청과 학구파가 타고 있었다. 처음에는 분명히 운전석과 조수석에 앉아 있었던 그들은 어느덧 뒷좌석에

가 있었다.

그들이 함께 만들어내는 윤곽이 어딘가 오묘하다. 덩치 큰 남자 하나가 혼자서 비좁고 불편한 뒷좌석에 엎드려 자고 있는 것 같기도 하고, 어처구니가 없지만, 팔굽혀펴기나 엎드려뻗쳐와 같은 맨손체조를 하는 것 같기도 하다. 하지만 실은, 엎드린 자세로 엉거주춤, 애매하게 몸뚱어리를 꿈틀대고 엉덩이로 원을 그리는 벙거지 문청의 몸 아래에 학구파 그녀가 누워 있다. 그의 두툼하고 큼직한 몸에 가려 그녀의 몸은 숫제 보이지도 않는다. 그의 널찍한 몸을 감싸 안다시피 하며 양옆에 반으로 접어 세운 무릎이 보일 때도 더러 있지만, 너무 작고 가늘어 알아보기도 힘들다. 게다가 그녀는 이내 열락을 예감하며 무릎을 쭉 펴고 발끝을 당기는 자세로 바꾸고, 그녀의 몸은 완전히 그의 몸 밑에 묻힌다. 어떤 자세든 너무나 자연스럽다. 자유분방한 몸의 섞임과 놀림이 그들의 관계가 쌓아온 밀도와 감정의 깊이를 말해준다. 체위가 바뀔 때마다 바스락거리는 소리와 신음 소리도 진동한다. 소리가 새 나가지 않도록 조심하느라 숨은 더 가쁘고 그래서 더 야하다. 검푸른 빛이 레이저 칼날처럼 침범한 캄캄한 차 안, 차창 유리에 그들의 숨결이 어린다.

그때 저 뒤편 건물 근처, 한 인간이 나타난다. 그의 발걸음이 벙거지 문청과 학구적인 그녀의 차로 향한다. 역시, 기대를 저버리지 않는다. 보고, 느끼기 시작한다. 그의 손이 어느새 풀린 바지춤 속으로 슬그머니 들어간다. 벙거지 문청과 학구적인 그녀는 이번에도 어김없이 에로 영화처럼 함께 절정으로 치닫는다. 황홀경의 절정에서 그녀의 교성이 느닷없이 진짜 비명으로 바뀐다. 경악한 그녀의 앙칼진 고음이 벙거지 문청에게는 오늘따라 유난히 맛깔스러웠던(항상 맛깔스러웠지만 지금의 정사가 항상 최고의 정사이다!), 그녀의 온갖 음조와 리듬과 색채의 신음 중 가장 관능적인 것으로 여겨진다.

"건우야, 누가 있어!"

그제야 벙거지 문청은 깜짝 놀라 상체를 위로 젖힌다. 지금까지 여기 있었음이 분명한 어떤 인간이 후다닥 뛰어가는 소리가 들린다. 차 밖으로 나온 벙거지 문청은 차창에 새겨진 인간의 흔적을 발견한다.

그렇다. 그런 일이 있었다. 그것을 회상하는 김건우는 얼굴이 후끈 달아오르는 것을 느꼈다. 차창에 입김과 침을 남겨놓은 그 인간은 근처 건물에서 나왔을 테고 아마 아주 작정을 하고 야밤 산책과 포르노그래피 관람을 즐길 참이었으리라. 그는 창졸간에 관음증 환자가 되어 만개한 밤꽃 냄새를 물씬 풍기는 정액으로 팬티를 흠뻑 적셨을 것이다. 마침, 그 건물의 으슥한 모퉁이에 자리 잡은 동아리방에서 이십대 청년 특유의 성적 판타지로 가득한 야한 소설을 쓰고 있었을지도 모른다. 잠깐만! 혹시 찌그러진 낡은 차 안에서 초등학생만큼 작은 그녀와 정사에 몰입하던 남자가 아니라, 그 정사를 훔쳐보던 남자가 바로 벙거지 문청이었던 것은 아닐까? 갑자기 헷갈린다. 그렇다면 벙거지 문청의 학구파 그녀는 어디로 갔지? 벙거지 문청의 여자이기도 하고, 그와 그녀의 정사를 훔쳐보던 그 인간의 여자이기도 한 그녀는?

무한히 피워댄 담배 연기처럼 제멋대로 얽힌 시간 사슬의 한 고리에서 송은경은 떠났다. 동유럽의 어느 음산한 나라로 유학 가기 위해 비행기를 탔지만, 마지막 기억의 장소는 공항이 아니라 학교 근처 허름한 달동네이다. 출국하기 전날 밤, 벙거지 문청과 학구적인 그녀는 폐차 직전의 무보험 차를 타고 높이, 높이 올라갔다. 원래 그 차체를 주운 지점이었다. 가파르고 고불고불한 길을 따라 금방이라도 허물어질 것처럼 비루하고 야트막한 게딱지 집들이 닥지닥지 붙어 있었다. 회칠이 다 벗겨진 시멘트 벽, 슬레이트 지붕을 얹어놓은 집들의 담벼락 주변에 두 툼한 전신주가 하늘을 찌를 듯 서 있었다. 그들은 그 옆에 차를 세웠다. 벙거지 문청은 조수석에 앉아 있고 학구적인 그녀는 그 위로 올라가 다리를 벌리고 앉았다. 후텁지근한 여름, 그녀의 엉덩이와 허벅지 윗부분만 살짝 가린 미니스커트가 저절로 말려 올라가는 가운데, 그는 그녀의 몸을 받쳐주며 진작부터 팽팽해져 있는 성기를 꺼냈다. 벙거지 문청과 학구파 그녀는 서로를 응시하는 만큼이나 자주, 전신주 옆, 어둠이 내린 바깥 공간을 관찰했다. 언제라도 다가와 그들을 훔쳐볼 수 있는 타인의 관음의 시선을 감시하며, 심지어 기다리며 학구적으로 최후의 정사를 나누었다. 정사의 흔적을 고스란히 남겨둔 채 탈피하듯 낡은 차를 빠져나온 연인은 달동네의 비탈길을 타박타박 걸어 내려와 근처 모텔에서 늘어지도록 잤다.

*

그렇다, 미궁에 대한 추측은 모텔에서 시작되었다. 김건우는 한쪽으로 밀쳐둔 비디오테이프를 힐끔 쳐다본다. 행여 그들의 정사가 포르노그래피로 둔갑한 건 아닐까. 유명 연예인의 정사도 아니고 길바닥에 나뒹구는, 도무지 잠 깰 기미조차 보이지 않는 돌멩이처럼 널브러진 정사의 바다에서 그들의 정사가 얼마나 주목받았을까. 제목은 어떻게 달렸을까. 후텁지근한 원룸, 그의 눈앞에서는 갖은 남녀의 정사가 재생된다. 세상이 온통 성기와 성기의 움직임과 몸의 부대낌과 교성으로 가득 찬다. 그의 책상 위에는 정액이 묻은 축축한 티슈가 쌓인다. 오늘 아침까지 병원 신세를 졌다는 것이 믿기지 않을 정도다.

김건우는 지금껏 귀에 꽂고 있던 이어폰을 뺀다. 그런데도 악보에 따라 노래를 부르는 듯 역동적인 높낮이를 조절하면서 째질 것처럼 날카롭고도 행복에 겨운 신음 소리는 계속 들려온다. 바깥이되 어딘가 아주 가까운 곳에서 들려오는 소리다. 옆방, 윗방? 아니면 맞은편 원룸 건물 어딘가? 푹푹 찌는 열대야, 창문을 열어놓고 저토록 대담하게 쾌락과 쾌감의 함성을 연발하는 연인이라니! 지나버린 사랑의 추억과 다가오길 바라는 사랑의 상상에 파묻혀 포르노그래피 속을 헤맨 김건우는 너무 아니꼽고 약이 오른다.

"속상해."

복기된 장면 속 송은경의 귀여운 한마디가 귓전에 맴돈다.

그는 벌떡 일어나 방충망을 활짝 열고 고개를 밖으로 쑥 내민다. 너무나 적나라한 남녀의 교성은 그의 방이 있는 건물의 같은 층, 오른쪽 어디 방인 것 같다. 기어코 정체를 확인하려는 기세로 목을 쭉 빼다가, 코끝이 맞은편 원룸 건물의 벽돌에 닿을까 봐 화들짝 놀란다. 하지만 더 놀랍게도, 그 순간, 맞은편 건물의 벽돌이 아니라, 그와 똑같은 상황에 처한 한 여자와 눈이 마주친다. 둘 다 구멍으로 고개를 내밀었다가 맹수의 출현을 알아챈 미어캣처럼 얼른 자기 구멍으로 숨는다. 찰나지만, 생면부지의 두 남녀는 너무 부끄러워 얼굴이 새빨갛게 달아오른다. 그때도 쉼 없는 교성이 현란하고 역동적인 변주를 곁들여가며 한여름의 골목을 쩌렁쩌렁 울린다. 여봐란듯 당당히 정사를 나누는 옆방 커플보다 그런 거나 엿듣고 엿보는 족속이 더 한심하고 불쌍한 변태라는 생각이 스친다. 컴퓨터 화면 속, 소리 없이 재생되는 정사도 볼썽사납다. 포르노 그래피가 음란하기는커녕 웃기고 얄궂기만 하다. 컴퓨터를 아예 꺼버리자 방 안의 암전과 정적 덕분에 옆방의 교성이 더더욱 현란하다. 정말로 눈꼴 시려 죽겠다.

창문을 쾅 닫고 눅눅한 침대에 벌렁 드러누운 김건우의 입에서는 이런 말이 튀어나온다.

"지랄, 오늘도 끝내주게 노는군!"

언젠가 한여름 밤 관능적이고 질펀한 정사를 끝냈을 때 열린 창문 너머에서 들려온, 남자애 둘이 빈정대는 말이었다. 그래서 얼른 창문을 닫았던가, 아니면 당당히 엿 먹으라는 손가락 짓을 해 보였던가. 그 장면이 아스라이 멀어지면서 사진 한 장이 드리워진다. 말쑥한 한 남자 옆에 서 있는 학구적인 그녀, 웨딩드레스를 입은 송은경의 모습이 낯설다. 그녀가 다른 남자 옆에서 그가 잘 알고 또 좋아하는, 하얗고 고른 치아가 드러나는, 발그스레한 반달 미소를 지으며 행복을 과시한다. 다른 사내 옆에서 저렇게 행복한 미소를 지을 수 있다니, 참 낯설다. 그 느낌과 타협하자 다시 궁금증이 생긴다. 그녀는 웨딩드레스를 입고도 담배를 피웠을까. 아무래도 웨딩드레스를 입고 담배를 꼬나문 그녀의 모습은 잘 상상이 되지 않는다. 아이가 생기면 그녀도 담배를 끊을까. 하필 김건우와 생년에 생일까지 같은(이런 극적인 우연이 우리 삶에 곧잘 있지만 아무 의미 없다!) 그녀의 남편도 담배를 피울까. 그들의 정사에도 담배 연기가 가득할까. 연이어 물음표가 그려지는 사이 김건우는 잠이 든다.

깊이 빠져든 잠의 한가운데, 옆방의 교성이 유리창을 넘고 또 복도를 지나와 노골적인 비명이 아니라 웅숭깊은 울림을 내고 그로써 더 묵직한 아니꼬움을 유발하며 김건우를 자극한다. 그리하여 거듭되는 몽정의 한복판, 예의 그 발신자 불명의 비디오테이프가 드디어 정체를 드러낸

다. 허름하고 눅눅한 지하 비디오방, 수많은 사람들이 수년 동안 피워댄 담배 연기가 구석구석 자욱이, 그득히 배어 있다. 그곳의 제일 구석진 방. 흐리멍덩한 화면 속의 주인공은 벙거지 문청과 그의 학구적인 그녀이다. 혼자서 순대와 김밥과 떡볶이를 먹으며 그 엉성한 비디오를 보고 있는 자는 다름 아닌 벙거지 문청. 그가 자신과 자신의 연인의 정사를 감상하는 태도는 오손 웰스, 고다르, 히치콕, 구로사와 아키라, 타르코프스키, 김기영 등의 고전 영화를 대하듯 경건하고 엄숙하며, 무엇보다도 학구적이다. 뱃속을 음식물로 가득 채운 다음에는 응당 담배를 꺼내 문다. 무수한 정사가 「시네마 천국」의 심의에서 잘려나간 키스신 모음처럼 무더기로 쏟아진다. 어느덧 화면 속의 벙거지 청년은 나이를 먹고, 그의 연인은 당차고 야무진 학구적인 그녀가 아니라 초승달처럼 뽀얗고 서늘한 서정적인 그녀로 바뀌어 있다. 자신의 포르노그래피를 감상하던 벙거지 문청은 잠시 헤드폰을 벗는다. 먹먹한 적막을 기대했는데, 그리하여 휴식을 취하고 싶었는데, 갑자기 기괴한 예감에 사로잡혀 비디오방을 뛰쳐나간다.

역시나 그렇다. 어렴풋이 예상했으되 절대 그러지 말았으면 했던 일이 일어나고 있다. 벙거지 문청과 학구적인 그녀가 나눈 무수한 정사가 비단 그의 방뿐만 아니라 좀은 복도를 사이에 두고 마주보며 닥지닥지 붙은 모든 방에서 동시에 상영되고 있는 것이다. 넓은 벽에 입추의 여지도 없이 가득 들어찬 모니터들이 똑같은 장면을 보여주는 어느 영화 속의 한 장면과 똑같다.

으악!

비명을 지를 만큼 끔찍한 장면에 그에 마땅한 비명을 질러보지만 꿈속이라 그런지 소리가 전혀 나오지 않는다. 그래서인가, 막상 닥치니 딱히 끔찍할 것도 없다. 창문마저 닫힌 비좁은 원룸, 김건우는 땀에 흥건히 젖은 채 잠에서 깨지만 실은 그 역시 습도 높은 한여름 밤 꿈의 연속이다.

4장

송장을 꿈꾸다

어느 인세생활자의 하루,
혹은 『라스콜니코프(들), 망치를 들다』

정은희가 죽은 아이를 품에 안은 채 지하상가 계단 옆, 젊은 미남 벙거지 옆에 나란히 앉아 있을 무렵, 그리고 6장의 주인공인 이소율이 둘째 아이를 출산할 무렵, 변동림은 가는 하루와 오는 하루 사이에 끼여 있다. 새벽 두시, 창문 너머로 트럭 소리가 들린다. 트럭이 멈추어 서자 묵직한 것이 툭툭 떨어진다. 도둑고양이가 날카롭고 짧은 비명을 지르며 후다닥 달아난다. 몇 무더기의 쓰레기 봉지가 트럭에 실려 떠난다. 적막 속에서 뭔가가 사각대고 바스락거린다. 수위가 빗자루를 들고 텅 빈 쓰레기장을 쓸어내는 소리다. 수위의 몸과 마음의 흐름에 따라 비질하는 시간도 조금씩 다르다.

변동림은 마지막 담배를 거의 필터까지 피우고 불을 끈다. 침대에 눕는 순간에는 어둠이 자욱한 것 같지만 이내 어둠 사이사이를 잠식하는 푸르스름한 빛이 눈을 간질인다. 귀가 간지러운 것은 수위의 비질 소리 탓이다. 곧 찾아줄 것 같던 잠이 또 어디론가 내뺐다. 오늘도 불면의 둔중한 습격이 있으리라. 마지막 담배, 라고 다짐했으나 또다시 강렬한 흡연의 욕구가 밀려온다. 참자, 참자, 참자. 목구멍이 건조하다. 번역가인 그녀의 삶도 건조하다.

애초 번역가로 살 생각은 없었다. 러시아문학 박사인 그녀가 도스토예프스키의 『카라마조프 가의 형제들』을 번역한 것은 그야말로 착한 마음, 순수의 발로였다. 처음에는 체면치레의 수준으로 팔리던 책이 증쇄를 거듭하자 시나브로 강의 시수를 줄였다. 강사료를 거뜬히 웃도는 돈 덩어리가 길몽 속의 싯누렇고 푸짐한 똥 덩어리처럼 입금되었다. 그럼에도 언젠가는 정규직 교수가 되리라는 희망과 학자의 삶을 향한 태곳적 꿈을 버리지 않았고 매년 꼬박꼬박 논문도 썼다. 대학이라는 제도에 발가락 하나만 걸쳐놓은 비정규직 신분임에도 적(籍)이 주는 안락감이 좋았다. 그러던 어느 봄학기, 맡은 강좌가 정원 미달로 폐강되었다. 자의 반, 타의 반, 그녀는 눅진한 번데기 속의 컴컴한 자유, 즉 옥살이요 유형살이 같은 번역에만 몰두했다. '자유'라는 '죄'에 대한 '징역'이라는 '벌', 정녕 『죄와 벌』이었다. 『죄와 벌』이 출간되자 직업이 바뀌었다. 마땅히 다른 직업이 없어서, 그리고 번역서가 너무 잘 팔려주어서 번역가가 된 형국이었다.

변동림은 인세생활자가 된 것을 기념하기 위해 뭔가를 하고 싶었다. 금연! 그녀는 집 안의 모든 담배와 모든 재떨이와 모든 라이터를 호기롭게 갖다 버렸다. 강의 없는 시간강사, 즉 백수로 산 지난 반년보다 더 길게 느껴진 24시간의 금연 이후 후다닥 뛰쳐나가 담배와 라이터를 샀다. 그때 변동림의 눈앞에 신생 커피숍 하나가 눈에 들어왔다. '모비딕'. 좀 멀찍이 있는 '스타벅스' 대신 그 안으로 들어갔다. 헤이즐넛 시럽을 탄 차가운 카페라테를 들고 밖으로 나왔다. 가뜩이나 후텁지근한 날씨, 그녀가 담배를 입에 문 곳은 '모비딕'이 들어선 건물 옆이었다. 주택가 골목치고는 좀 넓은 곳에 건물 밖으로 내몰린 흡연자가 가득했다. 흡연자야말로 시궁창의 쥐보다 못한 존재, 자신의 건강을 해치는 한심한 마조히스트 정신병자,

가족의 건강도 함께 망치는 무책임한 인간, 타인의 건강마저 위협하는 공공의 적, 세계적인 트렌드를 비켜 가는 시대착오적인 촌스러운 낙오자였다. 그럴수록 연대의식이 필요했다. 식은 칠면조 자르듯 끊지 못할 바에는 당당히 피우는 편이 나았다. 24시간 만의 담배는 기가 막히게 맛있고 처음 맛보는 헤이즐넛라테도 맛있었다. 스타벅도 아닌 여러 스타벅들의 건전한 상식보다는 에이허브의 광기 어린 집착이, 심지어 그보다는 저 하얀 짐승의 본능이 더 자극적이기도 했다.

다음날부터 '모비딕'은 그녀의 작업실이 되었다. 인세생활자 기념 이벤트로는 금연 대신 요가를 택했다. 그러고 보니 변동림은 딱 마흔 살이었다. 진즉에 마감된 성장에 이어 급속도로 노화 중인데다가 흡연까지 버텨주는 39년 먹은 몸뚱어리에 표하는 경의, 이 역시 좋았다. 덧붙여 벌이도 계속 있었다.

작년 초 러시아에서 『죄와 벌』을 패러디한 소설이 출간되었는데 출판사에서 검토, 나아가 번역을 의뢰해 왔다. 잘 팔리는 『죄와 벌』에 대한 '벌'로 그 패러디 소설까지 떠맡은 형국이었다. 인세생활자 선언을 하고 보니 번역 작품을 마냥 고를 수만은 없는 처지가 되었다. 새로운 유형살이의 시작이었다. 소설은 솔직히 제목부터 마음에 들지 않았다. 그대로 직역하면 이렇다. '라스콜니코프(들), 망치를 들다' 저자는 『죄와 벌』에 바치는 오마쥬 혹은 성스러운 패러디라고 생각하겠지만 첫 한국인 독자인 변동림의 생각으로는 비단 도스토예프스키나 러시아문학뿐만 아니라 문학 전체에 끼얹는 똥물 세례였다. 소설의 첫 문장, 첫 장면부터 너무 '하드'하여 아예 빼든지 심히 윤문을 해야 했다. 그래서 작가에게 이메일을 보냈지만 일주일, 이주일이 지나도 답장이 없었다. 출판사 측에서도 연락을 취했지만 감감무소식이었다. 메일을 읽고 그냥 무시했을 가능성, 제목과 발신인만 보고 메일을 삭제했을 가능성, 아예 인터넷을 하지 않았을 가능성, 폭설로 인해 인터넷이 불통됐을 가능성, 끝으로 아무런 가능성도 없을 가능성 등 수많은 가능성이 있었다. 한마디로, 진짜 러시아식이었다. 투덜대며 답신을 기다리는 동안 번역 원고는 점점 더 채워졌다. 사람은 뭐든 해야 했고 변동림은 달리 할 일이 없었기 때문이다.

주인공 라스콜니코프는 시쳇말로 사이코패스이다. 법학도가 아니라 의학도, 더욱이 메스가 생명인 외과의이고 때문에 의학 용어가 난무한다. 실제 범행 묘사도 나치의 생체 실험 보고서 수준 이상으로 잔인하고 또 혐오스럽다. 도스토예프스키라면 더러 암시는 했을지라도 직접 묘사하지는 않았던 성범죄가 포르노그래피와 스너프 필름 이상의 과학적 정밀함과 저질스러운 취향을 뽐내며 전개된다. 이런 미학 놀음에 괴상한 소명 의식이 개입된다는 것이 놀라운 대목이다. 주인공은 이 모든 행위를 자신과 같은 '천재'에게 주어진 과업, 즉 신인류(이른바 '좀비') 창조를 위해 불가피하게 요청되는 단계('수술', '치료')라고 부른다. 중요한 것은 과업의 완수이지, 그 명분, 즉 형이상학적 담론이 아니다. 따라서 원래 라스콜니코프의 '시험'의 이념적 토대를 이루었던 핍박받는 인류의 구원과 유토피아 건설을 향한 열망 따위는 전혀 없다. 대신 각종 도구(망치나 펜치, 드라이버 같은 일상 공구에서 각종 전문적인 의료 기구와 메스에 이르기까지 다양하다)를 이용한 '수술'과 '치료'에 집중한다.

다른 인물들의 변신도 만만치 않다. 소냐는 겉으로는 여성해방운동의 최전선에 선 직업여성인 것처럼 굴지만 실은 포르노그래피 배우이자 섹스 중독자, 가학적이고 피학적인 음욕에 사로잡힌 여성으로 그려진다. 예심판사 포리피리는 지능적인 흉악범(라스콜니코프)을 체포하여 실적을 올리고 승진을 꾀하려는 속물이다. 그는 마침 취조 중이던 또 다른 흉악범(니콜라이, 즉 미콜카)을 이용하여 자신의 경쟁자이자 (매춘업소 경영자인 루이자를 사이에 두고) 연적이기도 한 경찰서장 니코딤 포미치를 교묘하게 살해한다. 라주미힌 역시 의학도인데 항상 라스콜니코프에 대한 열등감과 시기심으로 괴로워한다. 그러다 우연히 친구의 비밀을 알아내고는 그것을 미끼로 친구의 여동생(두냐)을 협박, 사실상 강간하는 치사한 건달이다. 스비드리가일로프는 극악한 색마로 전락, 소냐와 성관계를 맺을 뿐만 아니라 포르노그래피와 스너프필름 촬영과 보급에 동업자가 된다. 소냐의 이복동생들(마르멜라도프와 카테리나의 아이들)은 남아, 여아 불문하고 모조리 최악의 아동 성폭력의 희생양이 된다. 원작에서는 제삼자의 입을 통해 슬쩍 암시만 될 뿐, 확증되지 않는 범죄가 여기서는 극대화될뿐더러 그 토대를 이루었던 어떤 심리적 깊이와 우수, 환멸은 모조리 제거되어 있다. 한편, 원작에서는 일찌감치 살해당하는 전당포 노파 알료나와 리자베타 역시 각각 중증 치매에 걸린 노파와 지적장애 여성으로서 주인공의 이른바 '좀비' 컬렉션을 풍요롭게 해준다. 가장 참을 수 없는 것이 주인공의 가당찮은 논리이다.

나는 내 삶의 주인공이다. 내가 곧 세계다. 나는 이 세계의 영

웅이다. (……) 신의 시대인 중세가 끝난 이후 르네상스 이래 19세기까지 인간은 자신의 존재와 저력을 증명하기 위해 노력해왔다. 그러면서도 걸핏하면, 죽일까 살릴까 고민해온 신을 걸고 넘어졌다. 20세기, 신이니 불멸이니 도덕률이니 하는 것을 시궁창에 처박고 모던, 심지어 포스트모던하게 (의지 대신) 욕망, (의식 대신) 무의식, (조리 대신) 부조리, (필연성 대신) 우연성에 대해 말하기 시작했다. 21세기적 인간의 전형, 나는 이 혼돈의 세계에 왕림한 구세주로서 수술을 통한 치료와……

이런 이론을 실행에 옮기기 위해 그는 '치료 도구'를 챙겨 한밤중에 시내로 나간다. 모스크바, 아르바트 거리. 한인 3세로서 80년대 러시아 최고의 록 가수였던 빅토르 최를 추모하는 벽에다 열심히 망치질을 한다. 어떤 의미 나부랭이도 찾아볼 수 없는 이 터무니없는 행동은 주인집 딸을 '치료'하기 위한 준비운동이다. 그녀는 그에게 수학 개인 교습을 받는 열다섯 살 소녀이다. 내일은 원래 부모가 집에 없는 날, 고로 과외수업도 없는 날이다. 하지만 특별한 사정을 만들어 수업 일정을 잡았는데, 그가 오랫동안 노려온 순간이기도 하다. 라스콜니코프는 소녀에게 비유클리드 기하학의 원조인 로바체프스키 기하학을 설명한다. 영원히 만나지 말아야 하는 두 평행선이 기어코 만나는 순간, 소녀의 동그랗고 작은 이마에 빅토르 최의 부스러기가 잔뜩 묻은 망치가 내려쳐진다. 즉시 의식을 잃은 소녀는 라스콜니코프가 최근 탐닉하며 연구해온 고전적인 모양새로 벽에 붙박인다. 딱 좋은 거리를 두고 박혀 있는 대못 두 개(이것을 그는 오래전부터 눈여겨 봐두었다)에 소녀의 두 손이 묶이고 두 발은 꼬이는 듯 겹쳐져 한데 포개진다. 한참 뒤 정신이 돌아온 소녀의 귀를 때리는 것은 빅토르 최의 「혈액형」, 그녀의 눈을 강타하는 것은 정면의 체경에 비친, 알몸에 책형 자세를 취하고 있는 자신의 몸이다. 심지어 예수 그리스도의 국부를 가려주었던 천 조각조차 없다. 이어, 손발에 못을 박는 것과는 비교할 수도 없을 만큼 잔인한 '수술'과 '치료'가 묘사된다. 번역은 고사하고 읽기도 힘들 정도다.

변동림은 책상 앞에서 일어난다. 그녀가 번역을 핑계로 마구 피워온 담배의 매캐한 연기와 냄새로 가득한 아파트도 휴식이 필요하리라. 밖으로 나오며 그녀는 짝퉁 라스콜니코프를 향해 속으로 투덜댄다.

'야, 넌 독창적인 천재 연쇄살인범이 아니라 흔해빠진 바보거든? 너 같은 놈은 천지에 널렸거든?'

아파트 수위실, 켜켜이 쌓여 있는 택배 박스 앞에서 공부에 몰입하고 있는 수위가 보인다. 밤마다 쓰레기장을 비질하는 그 수위다.

"603호? 택배 온 거 없는데."

그의 책상 위에는 산스크리트어 초급 교과서가 펼쳐져 있다. 치매에 걸릴까 봐 무섭다며 사람 얼굴과 이름과 주소도 즐겨 외운다.

"요가 한번 배워보세요."

"글쎄, 워낙에 몸 쓰는 건 잘 못해서요."

순박한 거드름 뒤에 따라 나오는 웃음이 굵은 주름과 어우러진다. 이목구비의 선이 굵고 눈매가 참 서글서글한, 아직도 미남의 흔적이 남아 있는 얼굴이다. 변동림은 야밤에 비질하는 그의 모습이 좀더 좋다. 초로의 단계도 넘어섰지만 허리가 꼿꼿한 장신의 남자의 뒤태는 어딘가 우수를 불러일으킨다. 왠지 이 사람이라면 난해한 독수리 자세나 낙타자세도 거뜬히 소화할 것 같다.

"아참, 유명한 스님 한 분이 입적하셨다는데, 들으셨죠?"

"예? 누구요?"

"왜, 그『무소유』라는 책을 쓰신 분인데……"

눈앞에서 비둘기 한 마리가 상체를 직각으로 세우고 도도하게 잔걸음을 치고 있다. 비둘기자세를 취하려면 골반

이 완전히 열리고 허리가 뒤로 완전히 꺾이고 다리가 앞
뒤, 좌우로 완전히 벌어져야 한다. 특히 한쪽 다리는 앞으
로 뻗고, 다른 쪽 다리는 뒤로 쭉 뻗은 다음 반으로 접어
올림과 동시에 두 팔을 어깨 뒤로 넘겨, 접어 올린 쪽 다
리의 끝, 즉 발가락을 두 손으로 잡는 비둘기자세는 과연
여왕의 자세라고 할 만큼 힘들다. 그렇기에 그 자세가 완
성되면 도도함의 느낌이 크다. 아무 힘 들이지 않고 비둘
기자세를 취하고 있는 진짜 비둘기 옆에서 참새처럼, 벌
새처럼 작은 아이들이 아장아장 걷고 있다. 아파트 단지
내 어린이집, 오전 산책 시간이다. 바리캉으로 머리카락
을 싹 밀어버린 남자아이가 이소율의 아들, 오샘솔이다.

모과처럼 생긴 은희정이 피트니스 센터 건물 주변에서
어슬렁대고 있다. 센터 안은 오전이라 한산하다. 무표정
한 얼굴로 천천히 러닝머신 위를 걷고 있는 여자가 이소
율이다. 외관상으로는 눈에 잘 뜨이지 않지만 뱃속에서는
장기가 얼추 다 생긴 태아가 무럭무럭 자라는 중이다. 멀
찍이 떨어진 곳, 한 중년 여성이 체중을 줄여도 여전히 출
렁이는 뱃살을 처리하려고 안간힘을 쓰고 있다. 마침 요
며칠 일감이 없어 오전부터 운동에 열을 올리는 그녀는
산후조리사이다. 몇 달 뒤 이소율의 둘째 아이를 돌봐주

게 될 것이다. 그밖에 몇 안 되는 남녀노소가 엉덩이를 씰룩대고 땀을 삘삘 흘리고 엉성하게 팔다리를 휘두르고 딱딱하게 굳은 똥 덩어리를 빼내는 것 같은 표정으로 윗몸을 일으키고 두 다리를 들어올린다. 한 편의 지루한 코미디 영화다. 그들 곁을 가로질러 안쪽으로 들어간 곳에 GX룸이 있다.

반듯한 정사각형이 사방의 벽을 덮은 거울 때문에 훨씬 더 넓어 보인다. 변동림은 매트를 깔아놓고 기본자세를 취한다. 쟁기, 활, 의자, 탁자, 나무, 연꽃, 비둘기, 토끼, 물고기, 뱀, 메뚜기, 악어, 개, 박쥐, 송장…… 변신의 쾌감이 찾아온다. 무생물보다 생물, 동물보다는 식물이 더 좋다. 제일 좋은 것은 송장이다. 제일 쉬우면서 제일 어려운 아사나, 궁극의 아사나이다. 얼굴을 위로 한 채 매트 위에 누워 팔을 양옆으로 뻗고 다리를 편안하게 벌린다. 발은 바깥쪽으로 향한다. 눈을 감고 숨을 고른다. 얼굴 위에서 표정을 걷어내고 머릿속에서 생각을 덜어내고 몸에서 숨을 빼낸다. 살아 있으되 죽음의 상태에 최대한 가까이 다가가는 것. 하지만 아무리 해도 시늉일 뿐, 얼굴은 찡그러져 있고 머릿속은 생각으로 들끓고 숨은 왕성하다. 산스크리트어를 배운다, 수행을 거듭한다, 나무와 연꽃이 된다, 송장이 된다, 송장이 되어 공중부양을 한다, 혜초

왕오천축국…… 송장 흉내를 낼 때 오히려 제일 송장 같
지 않다.

"손끝, 발끝을 조금씩 움직이시고…… 일어나실 때는
한쪽으로 몸을 기울여……"

요가 강사의 말에 눈을 뜨자 갑갑한 GX룸의 천장이 엉
큼하고 의뭉하게 키득대며 변동림를 내려다본다. 엉성한
반달, 싹도 못 틔운 나무, 날개도 못 펴는 비둘기, 뛰지
못하는 메뚜기, 불경한 태양 경배……

다시 거리. 3월 초, 햇살이 비치지만 여전히 쌀쌀하다.
일본라면 가게 앞, 모과 같은 얼굴의 은희정이 마침 그곳
을 나온다. 변동림은 바통터치를 하듯 그녀의 온기가 다
빠져나가기 전에 그리로 들어간다. 하지만 뜨끈하고 걸쭉
한 고기 국물과 두툼한 챠슈 두 조각을 보니 느닷없이 돼
지국밥이 그리워진다. 진한 돼지 뼈 육수, 뭉텅뭉텅 들어
간 부위를 알 수 없는 고기 조각과 순대와 내장, 살이 탱
탱 오른 풋풋한 풋고추, 짭조름하고 맵싸한 부추겉절이,
길쭉하게 썰어놓은 당근과 오이. 변동림의 머릿속에서는
나지막한 돼지국밥집이 즐비한 조방 앞이 떠오른다. 한
시절 조선방직 공장이, 시외버스터미널이 있었던 그곳은
변동림의 고향 집에서 그리 멀지 않았다.

다시 집. 변동림은 집주인이 없는 동안 휴식을 취한 아파트 안에서 담배 한 대를 피운 다음 노트북과 책을 챙겨 들고 나간다. '모비딕', 시원한 헤이즐넛라테, 라스콜니코프와 망치. 열다섯 소녀를 상대로 한 실습 장면을 계속 번역할지 말지 고민하는 것도 잠시, 변동림의 머릿속은 『무소유』에 점령당한다. 아니, 그 책을 쓴 양반이 여태껏 살아 있었다니. 이제야 죽었다니. 애도의 감정보다 의구심이 먼저 드는 것은 『무소유』를 읽은 것이 너무 까마득한 옛날이기 때문이다. 자신이 출간한 책을 모두 절판하라는 유언은 또 무엇인가. 유리벽 너머 버스와 자동차가 휙휙 지나가는 풍경 위로 자신의 원고를 활활 타오르는 벽난로의 불 속으로 던져 넣으며 절망적인 웃음을 흘리는 고골이 레핀의 필치로 휙휙 그려진다. 그사이 영혼 없는 말들이 러시아어에서 한국어로 치환된다.

희미한 무력감 끝에 희미한 자족감이 찾아올 무렵 변동림은 '모비딕'을 나와 담배를 피운다. 길을 따라 걷는 그녀 앞으로, 미니스커트에 와인색 스타킹, 검은색 스웨이드 부츠를 신고 연한 회청색 알파카 코트로 몸을 휘감은 젊은 여성이 ATM기 코너 안으로 들어간다. 닫히는 문틈으로 화장품과 향수 냄새가, 젊음과 건강함과 자신감의 냄새가 확 풍긴다. 변동림은 그녀 옆에 서서 돈을 뽑는다.

그녀가 밖으로 나가자마자 한 중년 남성이 들어온다. 낡아빠진 청바지 곳곳에 묵은 때와 흙탕물, 페인트 같은 것이 묻어 있다. 별로 따뜻할 것 같지도 않고 그냥 무겁고 두껍기만 한 잠바도 지저분하기는 마찬가지다. 짙은 구릿빛 얼굴에 무뚝뚝한 표정이고 장갑을 끼지 않은 두 손은 굵은 주름으로 덮여 있고 마디가 툭툭 불거져 있다. 변동림의 시선에 얼핏 포착된 이 남자는 정은희의 남편 최지호다. 그는 겨우 삼십대 후반이지만 과중한 노동량과 생활고에 덧붙여 어젯밤에 정은희의 임신 사실을 알고 나서 폭삭 늙어버렸다.

나가는 젊은 여자와 들어오는 늙은 남자가 서로 스쳐가듯 엇갈리는 사이 변동림의 머릿속에서는 최근에 번역한 어구와 문장이 흩어진다. "참을 수 없는 우수." "과연 노동은 다 신성한가." "돈이란 그 본질상 항상 부족한 어떤 것이다." 모두 『라스콜니코프(들), 망치를 들다』에서 온 것이다. 문득 이 소설이 걸작까지는 아니더라도 수작 정도는 되지 않나 싶다. 급속히 이식된 자본주의에 잠식당한 현대 러시아 사회에 대한 적나라한 묘사, 그것이 낳은 최악의 기형아인 주인공 라스콜니코프는 낭만적인 잉여 인간과 자의식 과잉의 '햄릿-돈키호테'를 오가는 고뇌하는 21세기 인텔리겐치아의 전형으로서…… 비평의 수사는 얼마든지 화려해질 수 있다. 그럴수록 정작 소설을 펼치기는 힘들다. 역시 가장 아름다운 소설은 오직 집필 전의 구상과 독서 후의 감상 속에만 있는 것일까. 앗, 그렇다, 『무소유』! 그것이야말로 무소유를 소유하려는 소유욕에 사로잡힌 어느 수도승의 걸작이 아니었던가. 이미 서점에서도 찾을 수 없게 된 『무소유』를 찾아야겠다는 생각에 변동림은 짐을 싸서 '모비딕'을, 그다음에는 집을 나선다.

『무소유』를 찾아

다가올 여름 정은희와 최지호가 밟게 될 그곳에 변동림이 먼저 도착한다. 봄기운이 완연한 부산역 광장의 풍경은 한결같다. 하지만 변동림의 고향 집은 상전벽해 수준이다. 올케가 복직하면서 남동생 가족이 합가하는 바람에 왁자지껄, 시끌벅적 비둘기 집으로 바뀌었다. 우연찮게 변동림이 인세생활자 선언을 한 시점과 일치했다. 거의 2년 만에 귀향한 변동림을 처음 맞이한 것은 깡패 같은 조카다.

"아줌마는 뭐고?"

"고모한테 '뭐고'가 뭐고? 누구고, 라고 해야지."

할머니의 말에 미송은 고개를 갸우뚱하더니 입을 삐죽 내민다.

"고모? 고모가 뭔데?"

"고모는 너거 아빠 누나다. 동림이 니는 조카한테 좀 살갑게 못하나?"

말은 이렇게 하면서도 변동림의 엄마는 마흔이 넘도록 시집 못 간 딸 앞에서 괜히 죄인이 된 듯 언성을 낮추고 말꼬리를 숨긴다.

다소 이른 저녁 밥상. 새우젓 양념에 싱싱한 조갯살을 곁들인 애호박볶음, 직접 다듬어 삭힌 고들빼기김치, 양념이 가득 든 총각김치, 달달한 무가 들어간 큼직하고 푸릇푸릇한 고등어조림, 묵은지와 함께 푹 쪄낸 돼지 등뼈찜…… 엄마의 정성이 깃든 음식을 먹는 딸, 그 모습을 때론 말없이, 때론 소소한 얘기를 나누며 오래도록 지켜보는 엄마, 모녀의 정겨운 풍경이 펼쳐질 참이다. 하지만 변동림이 숟가락을 뜨기가 무섭게 미송이 "나도, 나도!"를 외치며 달려들어 시뻘건 묵은지 한 장을 집어든다.

"아이고, 니는 아직 그런 거 못 먹는다!"

천방지축 날뛰며 미꾸라지처럼 허공을 쏙쏙 가르는 사악한 네 살짜리 괴물 앞에서 모든 물건이 흉기로 돌변하고 넓든 좁든, 세모든 네모든 동그라미든, 틈이라는 틈, 공간이라는 공간은 모두 함정이자 낭떠러지가 된다. 급기야 할머니의 호통이 떨어지자 손녀는 갑자기 울음을 터뜨린다. 할머니가 금방 회개하며 손녀를 달래자 손녀도 이쯤에서 대략 진정하는 척한다.

저녁, 올케와 남동생이 차례로 퇴근한다. 각자 자신의 피로에 지쳐 밥상 앞에 마주앉은 가족은 모두 떨떠름한 표정이다. 오직 아이만 새로운 인물의 등장에 흥분하여 아까보다 더 천방지축 날뛴다. 이것이 올케의 불만을 더 부채질한다. 빨리 재워야 하는데 영 골치이다. 그녀의 얼굴에 그늘이 드리워지자 시어머니의 얼굴에 그늘이 지고, 그러자 며느리의 그늘이 더 짙어지고, 그러자 남편 얼굴에 또 그늘이 진다. 새롭게 재편성된 가족 관계 속에서 변동림의 입지, 그 명도와 채도를 확인하기에 충분한 해후다.

귀향의 첫 아침, 습관대로 해가 중천을 넘기도록 퍼질러 자는 열락을 누려야 마땅하건만 갑자기 폭군 도마뱀이 들이닥친다.

"고모, 고모야!"

"이건 또 뭐냐, 정말!"

변동림이 혼잣말처럼 소리를 지르자 미송은 그게 재미있어서 더 날뛴다.

"고모, 미송이 일어났다."

"니가 일어났든 말았든 진짜 관심 없거든? 엄마, 애 좀 데리고 나가라!"

변동림의 말이 떨어지기가 무섭게 미송이는 변동림 옆에 방만하게 방치된 노트북으로 달려가더니 그놈의 짝퉁 라스콜니코프보다 더 무작스럽게 플라스틱 망치를 휘두른다. 변동림은 소스라치게 놀라며 얼른 노트북을 낚아챈다. 스무 살부터 혼자 살아온 그녀에겐 이 살벌한 폭력배가 너무 당혹스럽다. 타자는 지옥! 하지만 그건 미송도 피차일반이다. 어딜 가나 공주 대접만 받아온 까닭에 누군가, 더군다나 어른이 자신이 관심을 갖는 물건을 이렇게 빼앗을 수 있음을 오늘 처음 안 것이다. 당혹스러움은 금방 서러움으로, 분함으로 바뀐다. 미송은 혼신의 힘을 다해 어깨를 들썩이고 온몸을 부들부들 떨고 얼굴을 뒤로 젖히고 이목구비를 힘껏 찌푸리며 울어댄다.

"니는 아침부터 아를 울리노? 미송아, 저거는 고모 일하는 거라서 건드리면 안 된다, 라고 말하면 다 알아듣는다. 우리 미송이, 고모 말 잘 듣제, 엉?"

미송이는 어느새 할머니 품에 안겨 의기양양한 표정으

로 고모를 쏘아본다. 변동림은 변동림대로 조카를 쏘아보며 한편으론 간만에 딸 노릇을 톡톡히 하겠다는 듯 한마디 내뱉는다.

"엄마, 밥."

엄마는 엄마대로 옛날 같으면 과년한 딸이 있어도 이상할 것 없는 늙은 딸 앞에서, 어린 딸을 키울 무렵의 새댁으로 되돌아간다. 가슴 한구석이 아려오는 미묘한 쾌감도 없지 않다.

"그래 밥 먹고 나서 어디 서면이라도 가서 바람 좀 쐬든가."

이 아늑한 말에, 그 '바람'에 조카까지 얹어준다. 손녀의 육아를 맡은 다음부터 어떻게 하면 점잖게 내뺄까만 연구해온 중년 여성의 의뭉스러운 기지가 발휘된 것이다. 올 초부터 어린이집을 다녀 그나마 살 만했는데, 그놈의 수족구 때문에 일주일째 하루 종일 애를 보고 있자니 신물이 날 지경이다.

노처녀에게 꼭 필요한 것 중 하나가 종교와 더불어 조카 사진이라고 누가 말했던가. 사진 속 조카는 그윽하기 그지없으나 현실 속 조카는 짝퉁 라스콜니코프, 그의 하드코어, 하드고어 고문에 다름 아니다. 숨 쉴 틈도 없이 이어지는 질문과 말대꾸, 잠깐의 한눈팔기도 허락하지 않는 저 쉼 없는 움직임에 진이 쫙쫙 빠진다. 조만간 정은희가 뱃속의 고래를 다독이며 한여름의 산책을 즐길 그 거리를 변동림은 천방지축 조카와 함께 먼저 밟는 중이다. 따사로운 햇살을 받으며 아스팔트 한편에 즐비하게 늘어선 리어카들 틈에 정은희의 손에 잡힐 너구리 봉제 인형이 보인다. 그 옆으로 빼곡히 들어찬 음식점과 상가를 몇 발짝 걷기가 무섭게 미송이 퉁명스럽게 말한다.

"고모, 춥다."

변동림은 잠바의 지퍼를 더 올리고 목도리를 꼭 여며준다. 그 즉시 또 새로운 요구 사항이 나온다.

"고모, 배고프다."

변동림은 조카를 앞세우고 바로 근처 식당으로 들어간다. 조방 앞 추억의 돼지국밥을 고사하고 다시 일본식 라면이라니.

"고모, 고기."

미송의 말에 정신이 번쩍, 한다.

"좀 전에 하나 먹었잖아?"

"두 개 다 내가 먹는다."

두번째 차슈 조각까지 먹어치운 미송은 포만의 미소를 흘린다.

지하상가. 조만간 정은희의 발길이 닿을 그곳, 계단 밑에 한 남자가 잘생긴 얼굴을 벙거지로 반쯤 가린 채 서 있다. 이 쌀쌀한 날씨에 굳이 거의 한데나 다름없는 바깥에 서 있는 이유가 뭘까. 변동림의 명상을 미송이 큰 소리로 방해한다.

"고모, 거지다!"

"쉿! 얼른 가자."

고모의 제지에 미송은 더 기고만장해졌다.

"고모야, 거지는 왜 전부 모자 쓰고 있노?"

미송의 말소리를 다 듣고 있을 텐데도 벙거지는 사진 속 포즈처럼 손끝 하나 흐트러뜨리지 않는다. 과연 나보코프의 말대로, 거지라는 직업에 모자라는 소품을 최초로 도입한 천재는 누구인가.

분수가 있는 백화점 앞, 미송은 이미 거지와 벙거지를 잊은 지 오래, 도넛을 사달라고 아우성이다.

드디어 귀가. 미송은 물론 변동림도 완전히 뻗었다. 오죽하면 흡연의 욕구마저 망각했을까. 조카와 함께 다소 늦은 낮잠을 자고 일어나니 저녁상이 차려지고 있다. 잠시 뒤 2층에서 내려온 올케는 딸내미부터 살핀다.

"미송이 니 손가락이 왜 이렇노?"

다시, 스침들

"와, 어디 다쳤나?"

미송의 할머니가 화들짝 놀라더니 죄 지은 사람처럼 안절부절못한다. 막상 손녀를 맡기긴 했지만 내도록 불안했던 것이다. 미송의 오른손 엄지손가락 위쪽이 살짝 긁혀 있다. 언제, 어디서 그랬을까.

"종아리도 쓸렸네. 어디서 그랬어? 어쩌다가?"

"모르겠는데. 기억 안 나는데."

"미송이 오늘 어디서 뭐했는데?"

"응, 고모랑 서면 가고, 라면 먹고, 지하상가 가고……"

"뭐, 라면?"

"응, 일본라면. 돼지고기는 두 개고 고모가 돼지고기 안 줄라고 성질냈다."

"그래서 결국 니한테 줬잖아?"

고모가 볼멘소리로 끼어들자 미송은 더 신이 난다. 엄마가 옆에 있으니 천하를 호령하는 장수의 기세다.

"도넛 먹고 안에 노란 크림 들어 있고 밖에 하얀 가루 발려 있고 길고 동그랗고……"

똘똘한 딸아이의 묘사에 올케는 기어코 큰 한숨을 내뱉는다.

"휴우, 언니, 애한테 도넛을 먹이면 어떡해요?"

"어, 왜 안 되는데?"

변동림의 표정은 맨숭맨숭하고 어조는 심드렁하다.

"아까 라면도 그래요. 라면에 나트륨이 얼마나 많은데. 당분도 고구마나 사과처럼 원래 식재료 안에 포함된 거면 모를까 도넛 같은 인스턴트식품을 일찍부터 먹이면······"

올케는 유아교육학이나 식품영양학, 심지어 소아청소년의학 전문의가 되어 문제점을 조목조목 짚고, 그사이 변동림은 하루 종일 애 보느라 고생한 자기가 왜 이런 꾸중과 설교를 들어야 하나 싶어 속에서 천불이 난다.

"할매, 고모가 엄마한테 혼난다, 쿡쿡."

미송은 재미있어 죽겠다는 투지만 어른들의 신경전은 이제야 시작이다.

2층으로 올라간 남동생 부부 사이에는 최근 며칠간 축적된 불만이 겸사겸사 다 터져 나온다. 장 봐주시고 밑반찬 해주시는 건 좋지만 냉장고는 왜 뒤지시나, 출근길에 바빠서 그냥 벗어둔 팬티도 다 봤을 거 아니냐, 이틀만 더 봐주시면 어린이집에 갈 애를 육아에 아무런 개념도 없는 시누이한테 맡기면 어떡하냐······ 조목조목 다 옳은 아내의 말을 남편은 엉성하게 듣고 있다가 얼토당토않은 대답을 내놓는다.

"알았다. 앞으로 엄마보고 우리 집에 올라오지 말라고 하면 되잖아!"

올케도 기다렸다는 듯 응수한다.

"내 말은 그런 뜻이 아니잖아!"

한편 1층에서는 미송의 할머니가 딸을 잡고 있다. 아무튼 나이도 더 많은데 사과라도 할 것이지 그 무성의한 태도는 뭐냐는 거다. 그러면서도 딸이 버럭 화를 낼까 봐 절절 매는 기색이 역력하다. 무엇보다도, 남의 집 딸은 어엿한 워킹맘으로 사는데 정작 자기 딸은 마흔이 넘도록 시집도 못 가고 지지리 궁상을 떠는 모습이 너무 싫다. 변동림의 아버지도 만만치 않게 침통하다. 단, 자신의 부인보다 좀 덜떨어진 그는 화살을 세상에다 돌렸다. 세상의 대학이 이만한 인재를 몰라주는 것이요, 세상의 남자가 자기 딸의 매력을 몰라준다는 것이다. 두 경우 모두 그의 결론은 단순, 명쾌하다.

"아빠는 니만 행복하면 되지, 이제 아무것도 바라지 않는다."

변동림은 아빠의 장광설에 운도 맞추어줄 겸 이렇게 대꾸해준다.

"예, 아무것도 바라지 마세요."

그러고는 이때다 싶어 밖으로 나간다.

집 앞, 새로 들어선 오피스텔과 오래된 낮은 주택들 사이, 변동림은 허물 벗는 뱀처럼 고통스럽게 끼여 있는 골목길에 서서 담배를 피운다. 한 대, 두 대, 세 대를 연거푸 실컷 피운 다음 다시 집 안으로 들어온다. 아직 잠들지 않은 부모의 존재를 느끼며 신경이 곤두선 가운데, 낮잠까지 잔 탓에 힘겹게 잠이 든다.

꿈속에서 변동림은 좀비를 본다. 그 좀비는 그녀가 만든 것, 만드는 데 기어코 성공한 것이다. 암흑 속에서 이제 막 생성되는 좀비를 향해 그녀가 기계적으로, 하지만 상당히 뇌쇄적이고 강압적인 어조로 되풀이하는 소리만 들린다. "나에게 복종해라. 나에게, 예, 주인님, 하고 말해라." 이어 망치와 송곳이 암흑 속을 떠다닌다. 그 망치는『죄와 벌』의 TV 시리즈에서 라스콜니코프가 쥐고 흔드는, 고증이 잘못된 도끼처럼 날의 표면이 울퉁불퉁하고 무엇보다도 지나치게 크다. 송곳은「원초적 본능」에 출몰하던 그 얼음송곳이다. 그것이 어느새 변동림의 손에 들려 있고 그녀가 원하지도 않는데, 제멋대로 좀비의 몸을, 몸의 각종 구멍을 찌르고 쑤시고 파고든다. 눈구멍, 콧구멍, 입 구멍, 똥구멍, 생식기 구멍. 좀비도 사람이라 멀쩡한 사람처럼 구멍이 참 많다. 구멍의 역습이 시작된다. 온갖 구멍에서 '낭중지추'가 튀어나온다. 그것도 우리말 '낭중지추'에 이어, 변동림 스스로도 내가 이렇게 어려운 한자를 아직 기억하고 있을 리가 없는데, 라는 생각이 들건만, 囊, 中, 之, 錐가 따로따로 떨어져 제멋대로 튀어나온다. 그리고 좀비와 좀비의 구멍과 囊中之錐가 제각기 다른 음조와 다른 속도로 말한다. "나에게 복종해라. 나에게, 예, 주인님, 이라고 말해라." 이 말보다 더 재수 없는 건 말에 곁들어지는 킥킥거림이다. 꿈속의 변동림은 계속 투덜댄다. 이 모든 것이 『라스콜니코프(들), 망치를 들다』 때문이다. 웬 때아닌 좀비냔 말이다. 어지간한 헨타이 저리 가라 할 만큼 저질스럽고 외설스러운 장면이며 위악과 냉소로 중무장한 얼치기들이며…… 쌍욕이 목구멍 안에서 맴돈다. 얼마나 지났을까, 별안간 미송의 간특하고 요사스러운 얼굴이 도깨비불처럼 확 스쳐간다.

"고모, 고모, 고모야!"

변동림은 몸을 뒤척이다 엉덩이가 뜨거운 구들장에 눌어붙은 양, 그 사실을 이제 막 인지하게 된 양 비명을 지르며 완전히 눈을 뜬다. 소기의 목적을 달성한 미송은 손에 넣은 물고기에게는 떡밥도 아깝다는 듯 고모를 내팽개치고 앉은뱅이책상 위에 놓아둔 노트북으로 달려든다. 변동림은 후다닥 일어나 노트북을 낚아채서는 장롱 깊숙이 집어넣는다.

"밥 안 먹냐? 우유라도 한 잔 마시든가."

엄마의 말이 들렸을 때 변동림은 이미 노트북과 함께 마당으로 나온 상태다. 우유? 우리 집이 언제부터 아침에 우유를 마시게 됐지? 정갈한 옷차림에 카랑카랑한 목소리로 염분과 당분의 해악을 분석하던 올케가 떠오른다. 아무래도 가장 볼썽사나운 것은 엉겁결에 떠맡은 시누이 역할, 그것도 마흔이 넘도록 시집 못 간(무슨 관용 어구 같다!) 손위 시누이 역할이다. 과연 고향의 망중한은 잃어버린 낙원인가. 도망치듯 집을 나온 변동림은 오기를 부리듯 조방 앞을 찾아간다. 돼지국밥의 맛이 기대 이하지만 그럴수록 더 그 맛에 탐닉하는 척 최대한 천천히 먹는다. 시간의 무한대. 좋다, 너무 좋다.

여유로운 마음을 갖고 집에 돌아온 변동림에게 엄마는 야멸찬 잔소리를 퍼붓는다. 귀향 첫날의 애틋함은 이미 온데간데없다. 그렇게 시간이 남아돌면 청소를 좀 해주든가, 애를 좀 봐주든가, 하다못해 파라도 다듬어주든가, 그도 저도 싫으면 창고라도 정리해주든가. 이 마지막에 말에 변동림은 정신이 번쩍한다. 그녀는 비좁은 마당, 2층으로 이어지는 계단 밑에 마련된 비좁은 창고로 달려간다. 2층집에 동생 가족이 살 곳을 마련해주느라 그녀의 책은 모조리 여기로 옮겨놓은 것이다. 창고 문을 열자

글자 포인트가 8밖에 안 되는 낡은 책들이 우수수 쏟아진다. 모든 책들이 시커먼 물을 머금고 있고 시루떡처럼 들러붙은 책장 곳곳에서 뽀얗고 작은 책벌레도 아닌 두툼하고 희멀건 구더기가 스멀스멀 기어 나온다. 퀴퀴한 곰팡내와 축축한 습기 속을 아무리 헤적여도 『무소유』는 코빼기도 보이지 않는다. 등뒤로 엄마의 우렁찬 목소리가 들린다.

"세상에! 저놈의 책을 진작 팔았어야 됐는데. 다 썩고 벌레 먹은 책을 누가 사 가겠노."

그럼에도 엄마는 고물 장수에게 전화를 걸어 '선처'를 부탁한다. 최대한 빨리 오겠다는 확답을 받은 다음에도 진짜 애물단지는 썩은 책이 아니라 마흔이 넘도록 시집 못 간 딸년이라는 속내를 숨기지도 않고 계속 구시렁거린다.

그렇게 깡그리 잊힌 『무소유』는 다음날 아침 뜻밖의 장소에서 발견된다. 아빠가 손녀에게서 도피하여 만들어놓은 한 두어 평 되는 방 귀퉁이에 나지막하고 좁은 책장이 하나 있다. 두툼한 『카라마조프 가의 형제들』과 『죄와 벌』 틈새에 오뉴월에 피죽 한 그릇 못 얻어먹은 불쌍한 거지처럼 책 한 권이 끼여 있다. 손에 집어든 『무소유』는 더 가관이다. 작고 얇은 책 속의 책장은 삭은 뼈마디처럼 삐걱대고 늙은 살갗처럼 푸석푸석하다. 마침 방에 들어온 아빠는 딸내미의 손에 들린 책을 알아보곤 심각한 표정으로 반문한다.

"그 책은 와? 그 스님이 돌아가셨다 카대. 그리 좋은 책을 두고."

"그냥 잠깐 보려고요."

이렇게 둘러대놓고는 『무소유』를 손에 넣었으니 볼장 다 봤다는 듯 곧장 부산역으로 내뺀다.

무소유와 소유 사이

기차 안. 마흔이 넘도록 시집도 못 가고 가출 소녀 흉내를 내는 것 같아 머쓱했다. 피식 웃음은 『무소유』를 펼치면서 정겨운 웃음으로 바뀌었다. 1,000원. 이 고색창연한 가격은 뭐냐. 수시로 출몰하는 한자들과 보일 듯 말 듯 흔적만 남은 연필 자국이 또한 고색창연했다.

집착(執着)이 괴로움인 것을.
아무것도 갖지 않을 때 비로소 온 세상을 갖게 된다는 것은 무소유의 역리(逆理)이니까.

소녀 변동림이 그은 밑줄 위에 다시 한 번 그어진 또렷하고 영롱한 볼펜 줄이 새롭다. 책 중간쯤 책갈피처럼 꽂힌 무슨 영수증에는 볼펜으로 간단한 메모도 쓰여 있다. 마흔이 넘도록 시집을 못 간 딸의 속내를 톺아보시는 건가. 어린 남매의 손을 잡고 서면의 서점 안을 기웃거리는 젊은 남자의 모습이 어른거리는 가운데 변동림은 꼬마 조폭이 앗아간 다디단 잠에 원 없이 빠져든다.

눈을 떠보니, 아뿔싸, 손이 허전하다. 평일이라 객차 안은 한산하고 공기도 맑다. 좌석 손잡이와 객차 벽 사이, 접이식 탁자와 앞좌석 등받이 사이, 발판과 객차 바닥 사이 등 곳곳을 샅샅이 살펴봐도 없다. 도둑맞은 것이 확실하다. 한 문학소녀의 손때 묻은 책, 마흔이 넘도록 시집 못 간 딸의 사춘기를 추억하는 칠순 노인의 노후를 풍요롭게 해준 귀한 책을 도둑맞다니. 분해 죽겠다. 『무소유』를 소유하려는 쟁탈전이라니. 동시에 무소유의 극단을 추구한 까칠한 미남 스님과 사람을 좀비로 만들면서까지 소유의 극단을 추구한 천재 외과의가 대비를 이룬다.

적막한 집 안, 아무 일도 하지 않고 무작정, 연거푸 피워대는 세 대의 담배가 절대 고독과 절대 자유의 극단적인 쾌감을 선사한다. 이어, '모비딕'. 시원하고 달콤하고 고소한 헤이즐넛라테의 첫 모금이 변동림이 이박삼일 동안 반납했던 일상의 기쁨을 배가해준다. 그 기쁨의 끝에 뜻밖의 일이 일어난다.

'『망치』 건으로'라는 제목의 메일 한 통이 와 있다. 하지만 『라스콜니코프(들), 망치를 들다』의 저자도, 출판사의 편집자도 아닌 전혀 모르는 이름이다. 내용인즉, 저자가 지난겨울 "불의의 사고로" 사망했다는 것이다. 발신인은 작가의 '최측근'으로서 작가의 유품을 정리하던 중 수차례에 걸쳐 발송된 귀하, 즉 변동림의 메일을 발견하였으나 "세세히 말씀드리기 곤란한 피치 못할 사정으로 인해" 이제야 답장을 한다는 것이었다.

"사망 경위가 궁금하시겠지만 더 이상 자세한 말씀은 드릴 수 없고 그저 장례식이 무사히 치러졌다는 말씀만 전합니다."

이렇게 비밀의 존재를 계속 암시한 끝에 저자의 '최측근'은 번역 건을 언급한다. 죄송하지만 이제라도 번역을 중단해주었으면 좋겠다는, 변동림이 기다려온 말 대신 제발 좀 빨리 해달라는 독촉, 심지어 통사정이다. "고인은 마지막이 되어버린 자신의 작품에 대한 애착이 각별" 했을뿐더러 "자세히 말씀드릴 수는 없는 모종의 가정사 때문에 이 소설의 한국어 번역본의 출간을 손꼽아 기다리고" 있었고 심지어 "오랜 숙원을 실행에 옮기기에 앞서 퇴고를 거듭하여 쓴 유서에서 따로 이렇게 부탁"했다 운운.

저자의 사망 소식을 접한 변동림의 첫 느낌은 민망함 혹은 겸연쩍음이다. 서너 달 동안 세상에 있지도 않은 사람 앞으로 편지를 보낸 것이다. 만 39세, "불의의 사고"가 "오랜 숙원"이라니. 잠시 인터넷을 뒤져보니 역시나 자살로 짐작된다. 아니, 마흔이 다 돼서 무슨 자살이냐. Too old to die young. 그럼에도 자살을 택한, 민망함 혹은 겸연쩍음을 견딘 그에게 엄청난 질투가 느껴진다. 그 때문인가, 부산행 직전까지 마주했던 텍스트가 어딘가 색달라 보인다.

열다섯 살의 소녀가 온몸의 살갗이 발려나간 채, 이 단말마의 고통을 제발 좀 빨리 끝내달라는 열망을, 혀가 없어 말로도 못하고 눈알이 없어 눈빛으로도 하지 못하고 손발은 물론 팔다리도 없어서 몸짓으로도 못하고, 오직 몸통으로, 그리고 고통의 정점인지 황홀경인지 알 수 없는 얄궂은 표정으로 전하고 있다. 마취도 없이, 아편도 없이 소녀를 이 지경으로 만든 잔혹한 폭력을 기록한 페이지가 간신히 우리말로 옮겨진다. 폭력과 성스러움, 타나

토스와 에로스, 좀비란 타인을 지배하려는 권력욕의 산물임과 동시에 내가 타인의 권력에 종속되어 영혼도 정신도 없는 텅 빈 존재가 될지도 모른다는 공포의 산물이며……

이렇게 다독여도 욕지기가 치미는 것은 어쩔 수 없다. 손목과 손가락 마디마디가 쑤시고 뻑뻑해진다. 번역이 수작업임을 증명하는 통증이다. 그럼에도 소녀의 고통을 속속들이, 고스란히 지켜봐야 하는 통증에 비할 바 아니다. 갑자기 명치 주변이 턱턱 막히고 아려온다. 변동림은 후다닥 노트북과 책을 챙겨든다.

'모비딕' 근처 한의원. 막 자리에 누운 변동림의 배 위에 따뜻한 돌뜸이 얹힌다. 오른손 관절 두 군데, 왼손 관절 한 군데, 왼발 어딘가 한 군데, 정강이 어딘가 한 군데에 침이 박힌다. 오른손 손목 어느 지점에는 쑥뜸이 올라간다. 침 자리는 언제 그랬냐는 듯 감각이 없고 쑥뜸이 융숭한 냄새를 풍기며 타들어간다. 커튼 너머로 한의사와 환자의 대화 소리가 들려온다. 그녀는 이소율이다.

"그럼 입덧도 좀 가라앉으셨을 텐데요?" "밥을 급하게 먹었나 봐요." "아이 키우시는 분들은 급체하는 일이 잦더라고요. 여기 괜찮으세요?" 이어, 환자의 짧은 비명 소리, 이어 혼잣말처럼 잦아드는 말소리가 들린다. "아이가 생기니까 시간을 세게 되더라고요……"

이소율이 배꼽 주변에 침을 꽂아놓고 있는 동안 변동림은 엎드려 부항을 뜬다. 반원의 부항기가 찍찍거리며 어깨와 등짝을 주물러준다. 시간을 세지 않는 삶. 시계를 보지 않는 삶. 덩달아 거울도 보지 않는 삶. 애깃거리가 없는 삶. 덩달아 애깃거리를 공유할 사람도 없는 삶. 이런 삶에서 유일한 동반자는 역시 미치광이 짝퉁 라스콜니코프밖에 없나. 싫든 좋든 그를 거두는 것이 번역가의 소임처럼 여겨진다. 원저자, 즉 작가 옆에 붙어 있는 그림자처럼 쓸쓸한 존재, 불모이자 불임의 번역가, 그리고 신으로부터 철저히 버림받은, 이제는 자신의 창조주이자 아버지마저 떠나버리고 그야말로 소설 속에 홀로 남은 사생아. 둘은 어딘가 짝이 잘 맞는(그러니까 잘 맞지 않는!) 부부 같은 데가 있다. 자리에서 일어났을 때는 몸과 마음이 모두 가뿐하다.

계산대 앞, 지갑을 찾기 위해 가방을 뒤적이는데 엉뚱한 것이 걸려든다. 기차 안에서 도둑맞은 줄 알았던 『무소유』. 너무 작고 얇고 힘이 없어 여태껏 찍소리 한 번 지르지 못하고 가방 밑바닥에 우그러져 있었던 것이다. 변동림은 책을 집어들고는 무심결에 코로 가져간다. 거의 갈색에 가까워진 낡은 책장 더미에서 고소하고 달달한 냄새가, 헤이즐넛, 즉 개암 냄새가 난다. 짝퉁 라스콜니코프의 시큼하고 꼰질꼰질한 여자 성기 냄새 같은 소유에 맞서는 무소유의 냄새인 것도 같다.

5장

서정적인 그녀와 함께

학구적이고 관능적인 소설에 대한 상상

닷새 동안의 와병, 이틀 동안의 칩거 이후 색다른 느낌을 주는 월요일이다. 따뜻한 아메리카노도, 첫눈처럼 하얗고 서늘한 유서정의 얼굴도 색다르다.

"안녕하세요."

의례적이고 사무적인 인사지만 어조가 남다르다. 김건우만의 느낌일까. 그렇지 않다.

지난 내내 아침 8시 반을 전후하여 유서정은 김건우가 오지 않았음을 또렷이 인지해왔다. 지방 출장을 간 것일까. 휴가 여행을 떠난 것일까. 아니면 어디로 전근 간 것일까. 많은 추측이 유서정의 머릿속에서 맴돌았다. 궁금함이 허전함으로, 이어 서운함으로 바뀌었다. 입대든, 취직이든, 결혼이든, 시험 합격이든, 그래서 떠난다고 말해주는 살뜰한 손님도 많았다. 그렇게 익숙한 얼굴이 발길을 끊으면 그의 메뉴를 정성껏 만들어 마심으로써 그녀 나름의 작별 인사를 했다. 때론 축하를, 때론 격려를, 때론 위로를, 때론 애도를 담았다. 김건우가 오늘도 오지 않았다면 유서정은 그 흔한 아메리카노에 색다른 감정을 담았을 것이다.

그러나 월요일 아침, 8시 19분, 보다시피 그가 나타났다. 유서정은 별안간 심장이 콩콩 뛰고 얼굴이 화끈화끈 달아오르는 것을 느낀다. 평소와는 다른 어떤 흥분, 어떤 달뜸과 설렘에 사로잡히기가 무섭게 이 사실 자체에 화들짝 놀란다. 그 순간, 그녀는 우리의 소설 속의 객체적 대상이 아니라 주체적 인물로 성큼 들어선다.

"아메리카노 연하게 타주세요."

여느 때와 다름없는, 너무나 한결같은 김건우의 주문을 계산대에 입력하며 유서정은 눈을 살짝 내리간다.

"가져가실 거죠?"

여느 때 같으면 "드시고 가세요, 가져가세요?"라고 물었을 것을, 오늘은 이런 질문이 나왔다. 김건우는 그것을 인지함과 동시에 그녀의 음성이 여느 때와는 달리 어떤 미묘한 진동을 발산하며 떨린다고 느낀다. 그 역시 그의 착각이 아니다. 유서정은 저 한마디를 내뱉은 다음에는 여전히 자신의 입술이 파르르 떨리고 볼이 화끈거리는 것을 느낀다. 왜 일반적인 질문을 던지지 않았을까. 드시고 가세요, 가져가세요? 이렇게 물었어야 했다는 후회가 계속된다. 그의 손에서 카드를 받아들고 결제하고 그 카드를 돌려주는 손이, 이어 원두를 갈고 원액을 내리고 거기에 뜨거운 물을 붓는 손이 바들바들 떨린다. 온몸이 따끈해진다. 지금 그녀의 체온은 아마 37.2도. 뜨거운 아메리카노가 담긴 종이컵을 그를 향해 내밀어야 될 순간이 두렵다.

기어코 그녀는 쌍꺼풀이 진 큰 눈을 내리깔며 뜨거운 종이컵을 내민다. 그녀보다 삼십 센티 가까이 큰 김건우의 아래로 내리꽂히는 시선에, 그녀의 윤기 있는 머리카락과 작고 동그란 두상, 짙고 검은 속눈썹, 머리를 숙였기에 더 도드라지는 날카로운 콧날, 코밑의 음영 때문에 더 아름다워 보이는 얇고 발그스레한 입술이 차례로, 그러나 몹시 빠른 속도로 포착된다. 김건우는 그녀가 내미는 뜨거운 종이컵을 받아든다. 유서정은 자신의 두 손에 남아 있는, 심지어 온몸으로 번진 열기가 방금까지 그녀의 손에 있던 뜨거운 아메리카노 때문이라고 생각한다. 조만간 화끈하게, 후텁지근하게 달아오를 한낮의 무더위가 벌써 시작되는 것인지도 모르겠다. 유서정의 추측을 확증하듯, '모비딕'의 문이 열리자마자 간밤의 무더위와 습기를 고스란히 머금은 바깥의 불쾌하고 묵직한 공기가 커피숍 안으로 거침없이 밀어닥친다. 김건우는 그 문으로 나가고, 유서정은 우유 배달원을 맞이한다.

이 순간, 즉 테이블을 닦거나 더치커피를 내리기 위해, 그리고 지금처럼 우유 배달원을 주방 안으로 들이기 위해 주방과 계산대 앞을 벗어나 홀로 나가는 순간이 너무 싫다. 별로 크지 않은 키는 오히려 괜찮다. 정말 미운 것은 곧지 않되 오자도, 엑스자도 아닌 애매한 모양으로 휜 두 다리, 그리고 엉덩이와 허벅지와 종아리에 집중된 두툼하고 딱딱한 살집이다. 영락없이 저주받은 하체, 인어공주의 하체다. 이 모습을 김건우가 볼까 봐 유서정은 최대한 뭉그적대다가 홀로 나간다.

한편, '모비딕'의 문을 열고 돌아선 김건우는 자기 뒤로 하얗고 커다란 트럭이 떡하니 멈추어 서는 것을 느낀다. 우유 박스를 가득 실은 트럭이다. 흰칠한 키에 늘씬한 몸매, 서글서글한 눈매, 살짝 길고도 날카로운 콧날 등 꽤나 미남에 서른을 넘겼을까 싶은 남자가 트럭에서 내린다.

그는 부위별로 근육이 탐스럽게 잡힌 길고 늘씬한 두 팔로 열두 개의 우유팩이 들어 있는 플라스틱 박스를 거뜬히, 가볍게 주방까지 날라준다. 늦가을과 겨울을 제외하면 거의 항상 드러나 있는 팔뚝, 그리고 팔꿈치 아랫부분의 육감적인 빛깔과 결이 자극적이다. 보통 그는 유서정이 우유팩을 냉장고에 넣는 일도 도와준다. 유리벽 하나를 사이에 두고 김건우의 귀까지 들리지 않지만 간단하게 몇 마디가 오가는 것이 보인다. 자연스레 눈빛도 한두 번 마주친다. 우유 배달원이 문 쪽으로 몸을 돌리자 김건우도 염탐을 멈추고 제 갈 길을 간다.

횡단보도 앞, 신호를 기다리던 김건우는 길을 건너는 동안에도 계속 유서정만 생각한다. 저 우유 배달원도 그녀에게 마음이 있는 건 아닐까. 박스를 주방까지 갖다주는 건 의례적인 친절이라고 쳐도 굳이 냉장고에 넣는 일까지 도와줄 건 뭔가. 게다가, 묵묵히 제 할 일만 하면 되지 굳이 무슨 말이 필요한가. 얇은 티셔츠 한 장에 무릎을 반쯤 덮는 면바지 차림 때문에 그의 근육과 구릿빛 피부가 더 도드라진다. 아침부터 땀에 흠뻑 젖은 티셔츠가 상체의 선을 적나라하게, 자극적으로 드러내준다. 사내자식이 다리도 털 한 오라기 없이 매끈하고 모양새도 어지간한 여자 빳치게 곧고 늘씬하다. 이 한 장의 그림에 화룡점정은 잘생겼을뿐더러 상당히 작은 두상과 얼굴이다. 김건우는 약이 올라 죽을 지경이다. 한데 잠시 우유 배달원 얘기를 하자면, 실상 그는 김건우의 질투 섞인 상상과는 달리, 삼십대 중반에 세 살배기 딸을 둔 엄연한 가장으로서 유서정은 고사하고 한창 물오른 여배우를 눈앞에 갖다 놔도 알아채지도 못할 만큼 정신이 없다.

횡단보도를 건너자 '모비딕' 맞은편 구청 건물의 유리문에 김건우의 몸이 어린다. 키가 크면 뭐하나, 비율이 좋아야지. 두툼하고 뭉툭한 몸집에 하마처럼 둔해 보이는 팔다리, 큼직한 두상과 넓적한 얼굴에 모든 것이 빛을 잃는다. 에잇, 엄마는 나를 왜 이렇게 못생기게 낳아줬을까. 자기 얼굴은 조막만 하면서 괜히 머리 큰 남자를 만나갖곤. 십대 소녀도 아닌 주제에 이런 유치한 투정을 하다니, 그 때문에 또 한 번 속이 끓어오른다. 흡사 유서정에게 구애를 하지 못하는 것이 모두 외모, 특히 커다란 머리통 탓이라는 투다. 김건우는 애꿎은 벙거지를 한 번 더 건드렸다가 오른쪽으로 방향을 튼다. 그의 직장은, 유서정이 추측하는 것과는 달리, 구청 안이 아니라 구청에서 운영하는 근처 놀이방이다.

시원하고 쾌적한 공간, 유서정이 타준 따뜻한 아메리카노를 마시며 김건우는 책상 앞 컴퓨터에 앉아 있다. 일주일의 공백이 무색하게도 금방 일상의 파도가 해일처럼 밀려온다. 반납한 장난감 소독, 소독된 장난감 포장과 진열, 장난감 대여 및 반납 체크, 카드 발급…… 단조롭고 기계적인 업무 중에 그는 잠깐 벙거지를 벗는다. 넓적한 얼굴이 훤히 드러나면서 부릅뜨지 않아도 어딘가 힘이 들어가 있는 큰 눈과 높은 코, 선이 또렷한 입술이 한눈에 들어온다. 차라리 벙거지를 벗는 편이, 그래서 머리와 얼굴 크기를 짐작하기 전에 큼직큼직하고 뚜렷한 이목구비로 시선을 잡아두는 것이 훨씬 현명한 처사일 것 같다. 하지만 사람의 취향은 어쩔 수 없어, 그는 가뜩이나 열이 많이 나는 머리통을 좀 식히자마자 이내 벙거지를 뒤집어쓴다. 이 벙거지가 등껍질처럼 자신을 가려준다는 생각에 안심이 된다. 각종 서류철 사이에 감춰진 모니터에 한글 파일 하나를 띄워두고 몰래 작업하기에 이보다 더 훌륭한 아이템은 없다고 믿는다. 하지만 그의 자리도 그렇거니와 그 벙거지 때문에 오히려 눈에 잘 뜨인다. 특히 아이들에게는 말이다.

세상에 이보다 더 사악한 요령부득의 존재는 없다. 띠

에 묶여 엄마 품에 안긴 갓난아이, 배로 밀며 포복하듯 기는 아이, 네 발로 기어 다니는 아이, 나지막한 책장을 잡고 두 발로 서는 아이, 혼자서 겨우 걷는 아이, 걷다가 넘어지는 아이, 뛰어다니는 아이, 치고받고 싸우는 아이, 어른인 척 굴며 수다 떠는 아이. 모든 아이들은 타도해야 할 적이다.

"이서준, 그쪽으로 가면 안 돼! 에비에비, 지지야!"

애 엄마도 소리만 지를 뿐, 딱히 아이를 저지하지 않는 것으로 보아 아이를 최대한의 넓은 범위 안에서 놀릴 심산인 것 같다. 덩치를 봐서는 다섯 살은 족히 되어 보이는데, 실은 아직 세 돌도 한참 안 된 네 살짜리였다. 얼마 전까지만 해도 좀 걷다가도 몇 발짝 떼기가 무섭게 주저앉거나 아예 드러눕기 일쑤더니 언제부터인가 저렇게 오리걸음, 문어걸음으로 온 사방을 헤적이고 다닌다. 제 다리를 쓸 수 있게 되자 제멋대로 돌아다니고, 말귀를 알아듣자 사람 말을 더 안 듣고 반대로 하기 일쑤다. 천방지축 아이가 제일 좋아하는 곳이 하필이면, 안내데스크와 그 위의 컴퓨터가 아니라 좀더 안쪽에 있는 김건우의 책상이다. 과묵한 성격이지만, 아이의 집요한 지분거림 앞에서는 절로 호통이 나온다. 지난 1년이 넘도록 10시와 11시 무렵 항상 놀이방을 휘젓고 다니는 이 녀석, 한 대

때려주고 싶다.

"이놈! 너 혼 좀 나야겠다, 어!"

이런 관용어구도 아이를 흠칫하게 만들기엔 충분하다. 아이는 잠깐 몸을 뒤로 움찔하더니 입술을 삐죽이며 엄마 다리에다가 얼굴을 비빈다. 그러면서도 김건우를 쏘아보는 눈길을 거두지 않다가 김건우가 언성을 가라앉히고 모니터로 얼굴을 가져가자 다시 그쪽으로 슬금슬금 다가간다. 아이가 유달리 관심을 갖는 것은 모니터 옆에 비스듬한 각도로 생뚱맞게 얹힌 프린터다. 아이는 프린터 뒤쪽에 손을 살짝 갖다 대고 그때마다 얇은 플라스틱판이 안으로 살짝 들어갔다가 다시 밖으로 튀어나오면 깔깔대고 웃는다. 김건우의 정신이 모니터에 꽂히자 아이의 손이 또 그 안으로 들어간다.

"어허, 이놈이, 또!"

그동안 낯도 익었거니와 호통도 계속 반복된 탓에 아이도 이제는 물러서지 않는다.

"어허, 어허!"

심지어 김건우의 호통을 따라 한 다음에는 계집아이처럼 배시시 웃으며, 팔걸이에 얹힌 김건우의 손을 살짝 건드린다. 눈이 커다랗고 속눈썹이 송아지처럼 짙으면서도 뽀송뽀송해 보이는, 예쁘장하게 생긴 사내아이다. 이렇게 잠시 방심한 사이, 아이의 손이 어느덧 김건우의 벙거지로 올라간다.

"이놈, 정말 혼나야겠다, 어!"

김건우가 벙거지를 움켜쥐며 벌떡 일어나자 아이는 그 갑작스러운 전환에 화들짝 놀라 엄마에게로 달려가 안긴다. 아이보다 더 놀란 엄마가 얼른 아이를 안아 올린다. 그러곤 뒤쪽, 김건우가 매일매일 열심히 소독하여 하나하나 비닐 봉투 안에 넣어 진열한 장난감 선반 쪽으로 데려간다.

그사이 김건우는 다시 모니터에 시선을 고정한다. '파우스트 박사의 오류.' 이것이 현재 생각 중인 소설 제목이고 첫 문단은 오래전에 구상되었는데 다음과 같다.

어린 시절 나의 꿈 목록은 길고도 길었다. 시 한 줄 쓰지 못하는 시인, 지능지수가 70도 안 되는 철학자, 구구단도 못 외우는 수학자, 못생기고 짜리몽땅한 영화배우, 다혈질의 바둑기사, 수전증과 다한증을 앓는 저격수, 외팔이에 외다리인 뚱보 무용수, 벙어리 궤변가, 맹인 화가, 귀머거리 피아니스트, 발기불능의 호색한, 절름발이 검객……

다음 문장을 쓰고 싶지만 도무지 한 줄도 떠오르지 않

는다. 뒤에서 아이가 툭툭, 뒤뚱뒤뚱 걷는 소리, 걷다가 비닐 포장지를 밟는 소리, 아이 엄마가 뭐라고 구시렁대는 소리가 들린다. 말이 좋아 건강한 생활소음이지, 모든 것이 그의 집필을 방해하는 잡음일 뿐이다. 김건우는 소설의 진도가 나가지 않는 것을 19세기 이래 문학이 조롱하기 제일 좋은 장소인 관청에 붙박인 삶, 그 톱니바퀴의 갑갑한 분위기 탓으로 돌린다. 이 공익근무만 끝나면 해방이다!

퇴근. 6시 이후의 철철 남아도는 시간을 김건우는 비좁은 원룸 안에서 머리통을 싸매고 있다. 영 보람이 없지 않아 한 문단이 쓰인다. 두 손을 자판에서 떼고 기지개를 쭉 켠다. 담배꽁초와 매캐한 연기 때문에 눈이 아뜩해오는 가운데 허기가 느껴진다. 뜨끈하고 얼큰한 짬뽕으로 배를 채운 다음에는 '모비딕'에 간다. 한밤이고 한산하다. 왼쪽 귀퉁이 자리에서 변동림이 마지못해 『라스콜니코프(들), 망치를 들다』를 번역하고 있다. 유일한 손님이다. 커피숍을 지키는 곱상한 청년은 따분해하며 커피숍 안과 밖을 오가며 담배를 피운다. 저녁 때 간간이 봐왔지만 애연가임이 분명하다. 그런데도 왠지 불쾌하고 지저분한 담배 냄새가 나기는커녕 담배의 이미지랄까, 아우라랄까, 이런 것이 더 느껴진다. 껄렁한 불량소년 같은 느낌도 곱상한 이목구비와 날렵한 몸매에 잘 어울린다. 아무래도 유서정과 사귀는 사이일 것 같다. 사실 둘이 커피숍 안에서 한담을 나누는 장면도 더러 목격했다. 그래서 따뜻한 아메리카노 한 잔을 머그컵에 담아달라고 주문하고 마침내 커피잔을 받아 쥐기까지 최대한 열심히, 샅샅이 그의 모습을 살핀다. 사내자식이 기생오라비처럼 생겨갖곤, 쫄티는 또 뭐야. 자신의 납작한 배와 날렵한 다리선을 의식하여 한껏 멋을 낸 스키니진도 재수 없다.

김건우의 이런 질투 섞인 억측은, 우유 배달원의 경우처럼, 완전히 틀린 것이다. 이 꽃미남 청년, 한기철이 사모하는 사람은 따로 있다. 그녀는 김건우가 '모비딕'에 출현하기 전 이곳에서 반년 정도 일한 큰 키에 양감 있는 몸매를 뽐내는 아가씨였다. 목사의 딸답게 이름은 '김찬양'이었다. 그녀와 꽃미남 청년이 만날 때 유서정이 더러 함께 있었던 것은(그리하여 김건우에게 목격된 것은) 원래 그녀가 유서정의 친구였기 때문이다. 유서정과 달리 하얀색, 분홍색, 노란색, 하늘색 등 파스텔 톤의 옷이 잘 어울리고 밝고 경쾌한 성격 덕분에 한동안 '모비딕'의 분위기가 화사해질 정도였다. 하지만 반년 남짓 전, 그녀는 이름조차 낭만적인 '유령 작가', 즉 대필 작가의 명찰을 달고 커피숍을 나갔다. 그 이후에도 유서정이 일이 있을 때 더러 커피를 타러 왔는데, 언제부터인가 목적이 친구 유서정이 아니라 애인 한기철이 되었다.

　김건우는 올망졸망 다섯 개의 허브 화분이 놓여 있는 창가 자리에 앉았다. 정말 너무 불편한 자리다. 그런데도 일부러 이곳에 앉았다. 유서정이 없는 '모비딕'은 허허롭지만, 그 적막함이 막 움직이기 시작한 김건우의 볼펜에 가속도를 붙인다. 노트북이 아니라 노트, 그야말로 공책에 속용 볼펜으로 한 자 한 자 꼼꼼히 쓰고 있는 것, 바로 '파우스트 박사의 오류'이다. 아메리카노가 절반쯤 줄어든 시점, 그의 공책에는 "절름발이 검객……"에 이어 다음과 같은 말이 쓰인다.

　돼지는 목뼈의 구조상 목을 쳐들 수 없고, 그래서 하늘을 쳐다볼 수 없다. 하지만 나는 목을 쳐들 수 있고, 그래서 하늘을 쳐다볼 수 있다. 나는 돼지가 아니라 인간이다. 인간이란 뭐든지 될 수 있다. 「몬스터」 속의 한 극작가가 하는 말이다. 「플루토」에는 이런 말이 나온다. 가장 완벽한 인공두뇌가 만들어졌다면 그것은 절대 눈뜨지 않을 것이다. 그 로봇을 눈뜨게 할 수 있는 방법은 단 하나, 하나로 응집된 격렬한 감정을 집어넣는 것이다. 그리고 인간과 가장 닮은 완벽한 로봇은 바로 오류를 범할 줄 아는 로봇이다.

꿈을 꿀 무렵의 나. 꿈속의 나는 무엇이든 될 수 있었고 그렇기 때문에 아무것도 되지 않았다. 어쩌면 내가 꿈꾼 것은 아무것도 아니면서 모든 것인 존재였는지도 모르겠다. 하나의 응집된 격렬한 감정이 나를 오랜 꿈에서 깨어나게 만들었고, 눈을 떴을 때의 나는 살인자였다. 지금은 자살을 목전에 두고 있다. 살인이 나의 첫번째 오류이다. 두번째 오류는 자살이 될 것이다. 나는 자살이라는 나의 두번째 오류를 성공리에 범할 것이다.

이미 행해진 살인과 곧 행해질 자살의 원인은 무엇인가. 몇 가지 의문문을 만들어보자. 하필 그 순간 그 인간이 그곳에 나타났기 때문일까. 아니면 그 인간이 하필 나를 찾아와 느닷없이 원고를 요구했기 때문일까. 기억 속을 아무리 헤집어봐도 도무지 아무짝에도 쓸모없는 원고를 말이다. 아니면 '그녀'가 어느 날 갑자기 나의 시야, 아니, 우리 모두의 시야에서 사라졌기 때문일까. 10년 전, 아니, 그보다 훨씬 더 된 것 같다. 또 어떤 의문문이 가능할까. 그녀가 '린'과 같이 잤기 때문일까. 아니, 그녀가 '린'과 제대로 같이 자지 않았기, 못했기 때문일까. 아니면 마흔을 목전에 둔 내가 발정 난 수캐처럼 사랑에 빠져버린 탓일까.

한 인간이 한여름 해변의 태양 빛 때문에 다른 인간을 죽인 행위를 동기화하는 데는 많은 말이 필요하다. 나는 나의 두 오류의 인과관계를 추적하려고 한다. 자, 그리하여, 여러분 앞에 펼쳐지는 텍스트는 살인자의 고백이자 자살자의 유서이다. 나는 이것이 연애소설과 성장소설의 어설픈 잡탕이 되길 바란다. 세상에는 성공담보다는 실패담을 즐기는 짓궂은 취향이 많지 않은가.

여기까지 쓴 다음 김건우는 잠깐 손을 놓고 올망졸망 다섯 개의 허브 화분 너머 창밖을 본다. 만삭의 이소율이 어린 아들과 함께 걸어간다. 횡단보도 앞에서 걸음을 멈추었을 그들은 신호를 기다렸다가 길을 건넜으리라. 잠시 뒤, 대로 건너편 그들 모자 옆에 더도 덜도 말고 딱 삼십대 직장 남성의 전형인 한 남자가 붙어 있고, 그들은 함께 완만한 경사가 진 길을 걸어간다. 단란한 가정의 전형을 보여주는 풍경 위로, 옅은 색조를 넣듯 얼굴이 모과처럼 울퉁불퉁 못생기고 덩치가 커다란 여자가 지나간다. 그녀는 꼭 이소율의 꼬리를 밟듯 잠시 뒤 횡단보도를 건너, 방금 이소율의 가족이 지나간 그 길을 톺아간다.

지금 눈앞에 보이는 은희정보다도, 방금 눈앞에 보였던 이소율이 더 김건우의 뇌를 자극한다. 한순간 그의 시선을 붙잡아두었을 뿐만 아니라 잔영처럼 오랫동안 남아 있다. 아들을 걸리는 만삭 임신부의 모습 어딘가에서 기억 속 학구적인 그녀의 분위기가 풍겨 나온다. 얼굴이 닮은 것도 아니고 체구가 그녀처럼 작지도 않다. 그럼에도 어딘가 유사한 것 같은 느낌에 하루 종일 망각하고 있던 비디오테이프가 상기된다. 불에 덴 양 김건우는 자리에서 벌떡 일어나 공책과 펜을 챙겨 집으로 향한다. 이소율이 학구적인 그녀, 송은경의 이종사촌 언니임을 물론 김건우는 알지 못하고, 앞으로도 알지 못할 것이다. 설령 알게 된다고 한들 당사자들 누구에게도 아무 의미도 없는 일이다.

방으로 들어서자 그는 정작 비디오테이프는 깡그리 잊고 방금 공책에 써놓은 내용을 컴퓨터파일로 옮기는 일에 몰두한다. 들인 공에 비해 시시할 만큼 빨리 끝나버린다. 고군분투 끝에 앞선 장의 도입부에서 우리가 간접화법의 형식으로 인용했던 문장 하나가 쓰이고 몇 자 더 붙는다.

　　나는 이 소설이 학구적이고 건조하면서도 동시에 감성적이고 관능적이길 바란다. 그러나 지루하기만 할 뿐 건조하지는 않고, 또 그저 외설적일 뿐 관능적이지는 않을까 봐 두렵다.

얼마나 대단한 문장이 빠졌는지, 김건우는 진이 다 빠

진다. 원룸 안의 후텁지근한 공기에 온몸이 창졸간에 사정없이 땀범벅이 된다. 잠시 머리와 몸을 식힐 겸 습관적인 웹서핑을 하던 중 역시나 습관적으로 포르노그래피가 등장한다. 딱 삼십 분만, 딱 십 분만. 하지만 시간은 줄줄 흘러 어느덧 자정을 훌쩍 넘긴다. 이따위로 시간을 철철 흘리면서 자신이 여봐란듯 본때 나는 소설을 쓰지 못하는 것이 목하 그의 목에 칼날처럼 꽂힌 출근의 협박이라고 생각한다. 적어도 아침 7시 반에는 일어나야지 샤워를 할 수 있고 유서정의 커피를 받아들고 출근할 수 있다. 그는 이를 갈면서 잠자리에 든다. 에잇, 차라리 벌레로 변해 버려라! 이런 잡념 속에서 잠이 스르르 와주면 고마우련만, 또다시 창밖의 소음이, 교성이 그를 괴롭힌다. 성질을 내면서 창문을 닫고 에어컨에서 시끄러운 기계음과 함께 찬 공기가 뿜어져 나오는 가운데 잠을 청한다. 간신히 든 잠 속에서 옆방의 정사인지 아니면 어딘가 다른 누군가의 정사인지 아무튼 비디오테이프가 돌아가면서 포르노그래피가 재생된다. 어, 분명히 내 꿈인데 오늘은 내가 결석했네? 이런 물음을 던지며 김건우는 내일은 꼭 그놈의 비디오테이프의 정체를 알아내야겠다고 다짐한다. 그러나 정작 눈을 떴을 때는 후다닥 씻고 정신없이 '모비딕'으로 달려간다. 9시하고도 3분이 경과한 순간, 그는 놀이방의 책상 앞에 앉아 있다.

학구적인 그녀와 서정적인 그녀 사이

금요일 오후, 김건우는 반납된 장난감을 소독하려던 참
이다.

"아저씨, 이거, 이거!"

단골 녀석이 사운드북을 내민다. 또 이서준이다. 오후
에 온 걸 보니, 또 옆에 작은 가방까지 있는 걸 보니 이제
어린이집에 다니는 모양이다.

"아저씨, 소리가 안 나와!"

발음은 엉성하지만 대충 이런 의미다. 건전지가 다 된
모양이다. 김건우는 드라이버로 뚜껑을 열고 AAA 건전
지를 갈아 끼운 다음 아이에게 건넨다. 아이는 엉성한 몸
놀림, 손놀림으로 책을 받아 쥐며 기뻐한다. 슬슬 놀이방
이 시끌벅적해지는 것을 보니 곧 퇴근 시간이다. 그때 어
디선가 본 듯한 여자가 들어온다. 어린 아들을 데리고 있
는 만삭의 여자. 그녀가 한 달쯤 전 늦은 저녁 '모비딕'의
유리벽 밖을 걷고 있던 이소율임을 김건우는 기억하지 못
한다. 마찬가지로 그녀가 뭔가 알 수 없는 이유로 자신의

시선을 오래도록 잡아두었다는 사실도. 그러나 그녀 옆에 있는 또 다른 누군가, 그녀와 많이 닮지는 않았으나 어딘가 전체적으로 비슷한 느낌을 주는 또 다른 여자는 금방 알아본다. 아! 그렇다, 그녀는 바로 수많은 추억과 수많은 정사 속의 학구적인 그녀, 송은경이다.

기억의 저편에서 소환된 삼십대의 송은경은 여전히 몸집도, 몸짓도 작다. 두상과 얼굴 역시 이소율의 아들만큼이나 작다. 놀이방의 안쪽에 장난감 선반이 두 줄, 세 줄로 서 있고 맞은편은 확 트인 널찍한 마룻바닥이다. 복작대는 아이들과 엄마들 사이로 송은경이 언뜻언뜻 출몰한다. 아는 사람의 얼굴은 어쩜 이렇게도 눈에 잘 뜨일까. 그럼에도 그녀가 주는 느낌은, 놀랍게도, 그리고 서운하게도, 담배 연기 자욱한 포르노그래피의 기억 속에서 재생된 학구적인 그녀, 송은경보다 훨씬 덜 생생하다. 이목구비는 여전히 야무진 느낌이지만 어딘가 힘이 없다. 그것이 그녀의 얼굴 곳곳에 스민 세월의 흔적임을 김건우는 인지하지 못한다. 더더욱 생경한 것은 작고 납작한 배 앞에 아기를 찰싹 붙이고 있는 그녀의 모습이다. 이 송은경은 학구적이거나 건조하지도, 반대로 감성적이거나 관능적이지도 않다. 그냥 아이 엄마일 뿐이다. 그리고 이 놀이방의 다른 아줌마와 하나도 다르지 않다.

김건우는 완구를 소독기에 넣고 다시 컴퓨터 앞으로 온다. 쓰다 만 글에 시선을 꽂아둔 상태에서도 신경은 계속 학구적인 그녀에게, 그녀가 여기 있다는 사실에 쏠려 있다. 그는 그녀가 자기를 알아볼까 봐 큼직하고 두툼한 몸을 잔뜩 움츠린다. 벙거지를 벗을까 싶기도 하다. 그녀가 아는 그는 벙거지 문청, 문자 그대로 벙거지를 쓴 그였으니까 말이다. 한편으론 그러면서도 자신의 존재를 그녀에게 드러내고 싶은 욕망이 어딘가 밑바닥 귀퉁이에서 슬그머니 인다. 속으로 씨름하는 동안 소독이 끝났음을 알리는 소리가 들린다.

김건우는 소독기에서 꺼낸 완구를 비닐봉지에 담아 선반에 차곡차곡 정리한다. 앉고 일어나고 걷고 올리고 내리고 하는 이 평범하고 기계적인 동작 하나하나에 힘이 들어간다. 에어컨을 틀어놓았음에도 벙거지 밑 머리카락 틈새로 땀이 줄줄 흐른다. 이제 큼직한 승용 완구를 닦고 소독할 차례다. 한데 승용 완구의 위치가 아이들과 엄마들이 놀고 있는 곳과 너무 가깝다. 김건우가 주춤하며 뭉그적대는 사이 아줌마 송은경이 수유실로 들어가고 그로써 시야에서 사라진다. 그 틈에 그는 벌떡 일어나 승용 완구들을 옮긴다. 말, 물고기, 자동차, 마차, 쿠페……

"건우 씨, 날도 더운데 그 벙거지 좀 어떻게 하면 안 돼요?"

놀이방에서 함께 근무하는 여직원의 질문에 샘솔이가 추임새를 넣는다.

"엄마, 저 아저씨 모자 썼어, 엄마, 저 아저씨 머리 너무 커."

서준이도 옆에서 덩달아 까불어댄다. 한산한 놀이방에 혼자 있을 때와는 비교가 안 될 만큼 활기차다.

"모, 모자! 아, 아저, 아저씨! 커—어어!"

두 아이가 짝을 맞추어 까부는 사이, 오늘 처음 만난 샘솔이 엄마와 서준이 엄마는 무슨 죽마고우인 양 통성명도 없이 바로 친교 어린 대화에 돌입한다.

"얘는 몇 살이에요?" "세 살이요." "어디 다녀요?" "얼마 전에 자리가 나서 적응하는 중이에요." "둘째 계획은 없으시고요?" "아휴, 하나도 힘든데요." 그러고서 서준이 엄마는 샘솔이 엄마의 배를 쳐다보며 덧붙인다. "예정일이 언제예요?" "얼마 안 남았어요." "어휴, 삼복더위에 고생하시겠어요. 하긴 겨울에 낳아도 고생이에요." "예, 그렇더라고요. 우리 동생은 겨울에 낳았는데……"

그 동생이 바로 송은경인데, 금방 수유실에서 나왔다.

승용 완구를 소독기 안에 넣은 김건우 앞에는 블록이

구세주처럼 버티고 있다. 반납받을 때 이미 개수를 다 확인했지만 다시 꺼내 일일이 다 세어보고 맞추어본다. 여전히 신경은 온통 그녀에게 쏠려 있다. 하지만 얼마 지나지 않아 그녀는 이소율과 함께 놀이방을 나간다. 한데, 김건우의 학구적인 그녀는 이 뜻밖의 재회를 인지했을까? 그 답은 영원히 미지의 것으로 남겨두자. 그렇게 송은경을 끝까지 주체가 아닌 객체로, 욕망과 상상의 대상으로 남겨두자. 다만, 사람 참 안 변한다는 진리에 부합하게, 그녀는 여전히 학구적이라는 점만 지적하자. 오랜만에 이종사촌 언니의 집에 놀러 왔다가 잠시 놀이방에 들른 그녀는 지금 임신과 출산, 특히 자궁의 안쪽에 널찍이 자리 잡은 태반에 뿌리를 내린 다음부터는 자신의 생존과 성장 외에는 아무것도 관심이 없는 배아 상태의 태아에 학구적인 관심을 갖고 있다. 그런 것이 쿵쾅대는 심장을 갖고 있다니, 심장의 입장에서 보자면 그렇게 맨 처음 생겨난 그 순간부터 일초도 쉬지 못하고 쉼 없이 움직여야 한다니 등등.

한편, 노총각 김건우가 아줌마 송은경과 한 공간에 머문 시간은 삼십 분도 되지 않았다. 그동안, 그리고 그녀가 나간 다음 그녀와 함께 만든 무수한 포르노그래피가 재생되었다. 맛있는 섹스, 즐거운 섹스, 심드렁한 섹스, 눅

눅한 섹스, 메마른 섹스, 지루한 섹스, 어긋난 섹스, 썰렁
한 섹스, 농염한 섹스, 괴로운 섹스, 피곤한 섹스, 신나는
섹스, 관성적인 섹스, 탐구적인 섹스, 모방적인 섹스……
정녕 낱말의 조합 가능성만큼이나 많은 섹스가 있었다.
하지만 어쨌거나 그것은 지난 일, 따라서 일도 아닌 일이
됐다. 그뿐인가. 해가 지고 바람이 부는 일상 속에서 드문
드문, 띄엄띄엄 각기 다른 밀도로 상상해본 '우연한 마주
침', 즉 해후의 풍경이 고작 이런 것이라니. 놀랍게도, 그
것은 별로 충격적이지도 않고 마땅히 어떤 흔적도 남기지
않았다.

  그리하여, 유서정을 만나러 가는 김건우의 마음과 발걸
음은 가뿐함 이상의 가뿐함이다. 초여름의 이른 저녁, 신
선한 바람이 과거를 가뿐히 쓸어간다. 다시금 그리하여,
젊은 연인이 잔치국수와 비빔국수, 그리고 같이 먹을 고
추김밥 한 줄을 시켜놓고 마주앉아 있다. 이제 막 연애의
초입에 들어선 이 쌍은 좀 과장하면 미녀와 야수를 닮았
다. 덩치 크고 머리통이 큼직한 김건우 옆의 유서정은 과
거의 학구적인 그녀만큼은 아니었지만 역시나 자그마하
고 가늘다. 김건우는 그녀에게 어떤 과거에 대해, 과거의
어떤 사건에 대해, 어떤 만남에 대해 말해야 할까, 아니면

그냥 하지 말까를 잠시 고민한다.

"고추김밥 파는 데는 잘 없지 않나?"

맵다고 손사래를 치면서도 비빔국수를 잘도 먹는 유서정이 혼잣말처럼 '요'를 떼고 말한다. 그토록 싸늘해 보이던 유서정의 새하얀 얼굴에 뽀얗고 다보록한 기운이 번진다. 한 번 트인 말문은 잘 닫히지 않고, 한 번 보인 미소는 잘 사라지지 않는다. 한없이 멀게만 느껴진 나긋나긋 나지막한 음성이 조그만 분식점의 허름한 식탁을 사이에 두고 정겹게 들려온다. 유서정과 그녀의 말과 그녀의 미소와 그녀의 손짓과 그녀의 냄새, 그러니까 그녀의 모든 것이 그의 머릿속에서 아우성치며 뒹구는 돌멩이들을 싹 비워낸다. 모든 과거가 허공으로 스멀스멀 사라져 꼭 그 자신에게 일어난 일이 아닌 것처럼 여겨진다.

"나도 이 집에서 처음 봐요. 고추가 별로 맵지도 않고, 은근히 맛있죠?"

"에이, 그러면서 왜 많이 안 드세요?"

"서정 씨 많이 드시라고, 헤헤."

김건우의 농담 끝에 어수룩해 보이는 미소가 능청맞은 꼬리처럼 달라붙는다.

"살 더 찌면 안 되는데. 아휴, 매워라."

또다시 손사래를 치며 유서정은 비빔국수 위에 얹힌 삶

은 계란 반쪽을 입안에 넣는다.

  몇 번의 만남인가. 한 번, 두 번, 세 번…… 언제부터인가 세는 것을 멈춘다. 마찬가지로, 처음으로 손끝이 스친 순간은 새겨두었으나 그다음, 손을 잡은 순간, 허리를 감싼 순간, 어깨에 손을 얹은 순간, 팔짱을 낀 순간은 새겨둠과 동시에 시시각각 생겨나는 또 다른 의미심장한 순간을 만끽하느라 이내 화석처럼 굳어진다. 화석에 붙박인 생명체는 지금 막 태어나 건강한 숨을 내쉬는 생명체 앞에서 기가 죽는다. 한 번 물꼬가 트인 관계는 가속도를 얻어 급속도로 진전된다. 그러는 동안에도 유서정은 여전히 '모비딕'에서 커피를 타고 있고 김건우는 여전히 공익근무요원에 소설가를 꿈꾸는 늙수그레한 문청이다. 그리고 퇴근한 다음에는 체인스모커 김향안의 아들답게 꼬리에 꼬리를 물듯 담배를 피워대며, 그렇게 자욱한 흰 연기로 가뜩이나 갑갑한 원룸을 더 갑갑하게 만들며 포르노그래피를 훑는다.

  그러던 어느 금요일 밤, 그의 포르노그래피 연구는 평일보다 더 학구적이다. 화면 속의 정사가 우스꽝스러워졌을 무렵, 김건우는 무심코, 하릴없이 메일함 속의 해묵은 스팸보관함을 뒤적인다. 각종 스팸들 틈새에서 '경품' 어쩌고 하는 제목이 김건우의 두 눈을 찌를 기세로 번득인다. 발신자의 주소를 살피고 미리 내용을 살짝 엿본 다음 조심스레 메일을 클릭한다.

고객님! (……) 보내드린 비디오테이프는 잘 받으셨는지 (……) 다이어트에 유용하게 쓰이길 바라며 (……) 고객님의 건강과 미용 유지에 (……) 경품 행사에 응모해주셔서 다시 한 번 감사드리고 고객님의 가정에 행복이 깃들길 (……)

그사이 까맣게 잊어버렸던 비디오테이프가 이렇게 다시 그의 삶 속으로 들어왔다. 김건우는 현관 입구, 신발장 위에 벽장처럼 붙어 있는 작은 선반의 문을 연다. 빼곡히 들어찬 시집과 소설책 틈새에 비디오테이프가 끼여 있다. 포장도 안 돼 있고 스티커나 라벨 한 장 붙어 있지 않은, 여전히 상상력을 자극하고 공포와 충격을 야기하는 시커먼 직사각형의 물건. 그러니까 이것은 김건우가 언제 눌렀는지도 모르겠는, 언제 응모했는지도 모르겠는, 고로 언제 당첨됐는지도 모르겠는 다이어트 비디오테이프였던 것이다.

메일이 발송된 날짜는 김건우가 고래 뱃속에서 일주일을 보낸 다음인 월요일 아침, 유서정에게서 따뜻한 아메리카노와 함께 처음으로 그 의미심장한 눈빛을 받은 바로 그날이다. 그로부터 겨우 두어 달이 지났을 뿐이지만 인생이 경천동지할 만큼 흔들리고 있다. 하찮은 우연에 불과한 이 비디오테이프 사건이 뭔가 대단한 계시 같다. 적어도 그것은 그의 삶의 어떤 계기를 예고, 아니, 명령하고 있다. 이미 11시를 넘긴 시각, 뜻밖에도 노크 소리가 들린다.

"누구세요?"

문까지 바투 다가선 김건우의 작고 낮은 목소리는 '설마'와 '혹시'가 뒤섞여 사정없이 떨린다. 조심스레 열린 문 뒤, 김건우보다 더 바들바들 떨면서 서 있는 사람은 바로 유서정이다. 그녀가 여기까지 온 것은 오늘, 지금이 처음이다. 그녀가 방 안으로 들어서기가 무섭게 첫 포옹의 아찔하고 아뜩한 느낌이 젊은 연인을 파도처럼 휘감는다. 완연한 가을 공기를 온몸 가득 묻히고 있는 그녀의 몸은 얼핏 서늘하지만 겉옷이 한 꺼풀 벗겨지자 아찔한 열기가 김건우의 가슴팍을 델 듯 타오르며 그의 몸 전체를 확 달군다. 비좁은 현관에 선 채 그들의 키스가 오래도록 이어진다. 어느새인가 그들은 서로 반쯤 몸을 포갠 채 스프링이 다 늘어난 낡은 일인용 침대 위에 비스듬히 앉아 있다.

그리하여, 김건우와 유서정은 정사를 나누었을까. 그

남자와 그 여자가 같이 잤을까, 하는 물음은 유사 이래 언제나 우리의 호기심을 자극해왔다. 김건우와 유서정의 섹스 역시 궁금하기 그지없다. 유서정은 섹스를 할 때 어떤 모습일까. 섹스에서 발휘되는 서정성은 어떤 모습일까. 김건우는 또 어떨까. 과거의 학구적인 그녀와 할 때와는 어떻게 다를까. 이런 물음은 그러나 이 소설 너머 어딘가로 미뤄두려고 한다. 김건우와 유서정의 챕터는 한 편의 낭만적인 서정시로 구상되었기 때문이다. 물론, 스테이크와 파스타가 아니라 매운 비빔국수와 고추김밥을 먹으며 데이트하는 연인의 풍경은 어째 서정시는커녕 훈훈한 세태를 담은 수더분한 잡문에 더 어울린다. 지금 이 순간 진행되는, 혹은 머뭇대는 정사도 서정시의 정조로 묘사할 재간이 없다. 그들을 완연한 가을의 아늑함으로 가득 찬 원룸에 남겨두고 이쯤에서 떠나자.

6장

버지니아 울프의 고뇌

다산하는 암컷 되기

점심을 먹기 전, 이소율은 세 살짜리 아이를 데리고 길을 나선다. 변동림이 길가, 건물 구석에 붙어 서서 담배를 피우고 있다. 마침 바람이 거리 쪽으로 불어 담배 연기가 사정없이 아이를 공격한다. 매캐한 독가스에 아이는 자지러질 듯 캑캑거리고 눈이 새빨개지며 눈물마저 나온다. 그런데도 정작 흡연자는 미안한 기색도, 조심하는 기색도 없다. 더러 아파트 단지에서 마주치곤 하던 여자다. 오전부터 밖에 나와서 담배라니, 정말. 모든 엄마처럼 이소율은 자식의 수난에 발끈하며 필요 이상으로 치졸해진다.

저 여자, 마흔은 훌쩍 넘겼을 것 같은데 어딘가 아줌마 같지 않은 기괴한 느낌을 준다. 저 모양이니 시집을 못 갔겠지. 아이가 진정됐을 때도 분노는 가라앉지 않는다.

북적대는 은행, 이소율은 새로 구좌를 트려고 서식을 채운다. 직업란에서 약간 주춤한다.

"귀엽게 생겼네. 몇 살이에요?"

"좀 있으면 두 돌이에요."

"우리 애는 이제 구 개월 됐는데 돌 지난 애들만 봐도 다 큰 것 같더라고요. 다 쓰셨어요?"

직원의 은근한 재촉에 이소율의 손에 쥐어진 볼펜이 마지못해 움직인다.

이소율. 만 32세. 주부.

주부라…… '회사원' 대신 쓰인 이 두 글자가 생경하다. 한 사람의 이름 석 자가 이렇게 정의될 수도 있구나. 돌도 안 된 아이를 떼놓고 직장에 나와 있는 저 여자의 말쑥한 제복과 깔끔하게 정돈된 얼굴에서 일하는 엄마의 자부심이 한껏 발산된다. 이소율은 자괴감이 치미는 것을 느낀다. 아침에 시간이 철철 남아도는데도 화장은커녕 세수도 제대로 못했다. 매일 세탁기를 돌리는데도 지금 입고 있는 옷은 다 해진 레깅스에 땀냄새와 밥냄새가 가득 밴 꼬깃꼬깃한 티셔츠다.

은행을 나오는 발걸음이 우울한데, 아이는 업어달라고 보챈다. 배가 고파진 탓도 있을 거다. 그사이에 기저귀에 오줌도 그득하게 싸버렸다. 길거리에서 실랑이하는 것이 싫어 아이를 안아 올린다. 어느덧 10킬로를 훌쩍 넘어버린 사내아이. 이럴 경우를 대비해 배 앞에 붙이고 있던 아기띠로 아이를 안는다. 집에 들어왔을 때는 허리가 욱신거린다. 그래도 엄마가 만들어준 새우볶음밥을 마파람에 게눈 감추듯, 엉성한 손놀림이지만 혼자 숟가락으로 떠먹는 아이의 모습에 울적한 기분이 싹 가신다. 식후에는 더욱더 기쁜 소식이 찾아온다. 아파트 단지 내의 어린이집에 자리가 났단다. 연초도 아닌데 누가 이사 가는 바람에 여석이 생겼다니 거의 복음이다.

*

전업주부 선언의 순간이 있었다.

여자상업고등학교를 졸업한 직후 한 중소기업에 입사한 이소율은 십여 년의 세월을 착실한 회사원으로 살았다. 토요일이 휴무일이 된 것도 최근의 일이다. 달력의 빨간 날, 여름휴가, 연차를 빼면 일 년 열두 달, 하루 종일을 사무실에서 보냈다. 결혼한 뒤에도 한가로웠던 주말을 시댁에 반납해야 한다는 것만 빼면 생활은 비슷했다. 그랬다. 촘촘히, 완만히 흘러가던 시간의 한 결절에서 충분히 예상되었음에도 청천벽력처럼 갑자기 아이가 나타났다. 시간의 단위가 아이로 바뀌었다. 분유와 기저귀와 목욕과 몇 번의 토끼잠과 설거지와 청소와 빨래 사이에서 하루가 지나갔다. 석 달간의 출산휴가를 끝내고 다시 출근하는 날 이소율은 미안함과 아쉬움보다는 해방감이 더 컸다.

아이는 평일에는 시댁에 맡겨놓고 주말에 데려왔다. 주중에 한 번은 시댁으로 가사 겸 육아도우미를 불러주었다. 어르신을 밤낮도 없는 육아의 고문대에 앉힌 형국이었지만, 실은 첫 아들의 역시나 첫 아들을 가까이 붙여두려는 쉰일곱 살 여성과 백일 남짓한 아이를 두고도 직장생활을 지속하려는 서른두 살 여성 사이에 그 나름의 자연스러운 묵계가 있었다. 시어머니의 입장에서는 새파랗게 젊은 며느리가 아이 핑계 대고 아주 집구석에 들어앉아 자기 아들 등골을 빼먹을까 봐 걱정이 됐다. 또 혹시 육아를 제 친정엄마한테 맡기면 돈은 돈대로 나가고 손자 얼굴 한 번 보기도 힘들 것이 뻔했다. 한편, 이소율은 친정이 멀기도 멀거니와 노쇠한 친정엄마보다야 몸도 마음도 건강한 시어머니가 더 안심이 되었다. 아들만 셋 있는 집안의 맏며느리로서 아이와 할머니를 친하게 해줘서 나쁠 건 없으리라는 잇속도 없지 않았다. 때문에 출산 전에 시댁 근처로 이사하고 산후조리를 비롯한 모든 일을 시어머니의 뜻에 맞추려고 노력했다.

처음 얼마간 잘 유지되던 공생관계는 금방 불협화음을 냈다. 오십대의 자신만만함은 육아의 지난함 앞에서 부질없이 무너졌다. 그때마다 며느리에게 전화를 거는 수밖에 없었다. "우리 샘솔이 지금 이유식 잘 먹고 잠들었는데" 이렇게 시작된 통화는 좀처럼 중단될 줄을 몰랐고 그 끝은 항상 저녁에 집에 들르라는 것이었다. 정작 가면 아이 얼굴을 보는 건 잠시, 저녁상 차리기부터 시작, 가사와 접대의 연속이었다. 주말에도 아이와 오롯이 같이 보내지 못하고 시댁에 외근을, 때로는 1박2일 출장을 가는 형국이었다. 그러고도 월급의 절반이 사라졌고, 돈을 내는 갑이 돈을 받는 을 앞에서 설설 기어야 하는 기괴한 주종관계가 형성되었다. 처음에는 무심했던 육아의 세부사항에도 자꾸만 신경이 쓰였다.

"어머니, 애를 그렇게 엎드려 재우면 돌연사 위험도 있고……"

이렇게 힘들게 운을 떼면 시어머니는 대번에 언성을 높이며 손자를 상대로 며느리를 훈계했다.

"아이쿠, 샘솔이 엄마는 걱정도 팔자네. 우리 샘솔이 이러면 심장도 튼튼해지고 얼마나 좋은데. 그렇지, 샘솔아? 샘솔이 엄마는 자기 일이나 잘 알지, 우리 샘솔이 키우는 건 아무것도 모른다, 그치? 할머니는 샘솔이 아빠랑 삼촌 둘이랑 애를 셋이나 키워봐서 잘 알지."

육아 고수를 자처하는 시어머니는 안아주고 업어주면 손 탄다고 우는 아이를 그냥 내버려두고, 체한 아이를 병원에 데려가는 대신 바늘로 손 따고, 이유식 맛을 낸다고 소금이나 간장을 넣었다. 날이 갈수록 불만이 많아졌지만 모든 것이 아이를 직접 키우지 않은 자신의 잘못이었다. 더 본질적인 문제가 있었다. 아이가 할머니에게 잘 적응할수록 이소율은 어딘가 약이 오르는 것을 느꼈다. 참 얄궂었다. 아이를 떼놓기 전에는 전혀 예상 못한 뜻밖의 느낌이었다.

곪을 대로 곪은 고부 갈등은 돌을 코앞에 둔 아이가 폐렴에 걸리면서 터져버렸다. 이소율은 연차를 쓰며 연일 병실을 지켰다. 아이의 몸을 바싹바싹 태우던 고열은 사흘 만에 잡혔지만, 애끓는 숨소리와 간간히 터져 나오는 기침 소리가 딱하기 짝이 없었다. 아이는 수액 때문에 하루에도 기저귀를 몇 번씩 갈아주어야 했다. 까무러치다시

피 힘이 없는 아이의 몸속에 꾸준히 항생제가 들어갔다. 자다 깨다를 반복하는 아이는, 하지만, 그 어느 때보다도 편안해 보였다.

이튿날, 퇴원한 아이를 시댁에 데리고 갔다. 아이는 현관에서부터 울음을 터뜨리고 떼를 썼다. 아이가 진정될 때까지 좀 오래 머물렀다가 돌아섰다. 닫힌 철문 뒤로 아이의 울음소리가 들려왔다. 사흘 뒤, 출근하자마자 시어머니의 전화가 걸려왔다. 또 아이가 열이 확 오른다는 것이다. 아니, 그럼 병원부터 데려가셔야지, 아침부터 회사로 전화를 하시면 어떡하나, 정 그러시면 어머니 아들한테 전화하시든가. 이런 말이 목구멍까지 기어 올라왔지만 뱃속에서 산화시켰다. 회복기의 손자를 24시간 상대하느라 진이 다 빠진 시어머니는 시어머니대로 놀랄 만큼 당당했다.

"야, 나 이제 네 아들 더는 못 보겠다. 애가 누굴 닮아서 이렇게 골골하니? 우리 애들은 고뿔 한 번 안 하고 컸는데……"

이소율도 할 말이 없지 않았지만 이 신성한 사무실에서 '애 엄마'이자 '며느리'로서 이런 통화를 하는 것이 너무 부끄러워 꾹꾹 참았다. 어쨌거나 지금 아픈 애를 업고 병원을 다녀와야 하는 것은 연로한 시어머니이기 때문이다.

편도선염이라는 진단이 나왔고 해열제와 항생제가 처방되었다.

그날 저녁 이소율은 아이를 데려왔다. 다음날은 연차를 쓰고 아이를 돌봤다. 오전 내내 심하게 보채다가 간신히 잠이 든 아이의 손발에 발그스레한 좁쌀만 한 반점이 돋아났다. 살짝 벌린 아이의 입안이 시뻘겄다. 입술을 까집어 보니 역시나 다 헐어 있었다. 이소율은 아이가 깨자마자 들춰 업고 동네 소아과로 달려갔다. 수족구 진단이 나왔다. 어차피 시간이 약이었다. 그럼에도 이유식은 고사하고 물도 제대로 못 삼키는 아이를 차마 떼놓을 수 없었다. 주말, 폐렴의 뒤끝이었던 수족구도 말끔히 나았지만 아이는 찰거머리처럼 엄마에게 들러붙어버렸다. 일요일 저녁, 시댁에 가려고 준비를 할 때부터 아이는 자지러지게 울었다. 사정없이 보채는 손자를 받아 안은 시어머니는 더 힘겨웠다. 이렇게 손 많이 가고 고집 센 아이를 키워주니 개선장군이 따로 없었다.

"우리 샘솔이도 이제 돌 지났으니 증조할머니 산소에도 가봐야지? 도중에 당숙모 댁에도 들러야 안 되겠니? 그 양반이 우리 샘솔이 아빠를 얼마나 예뻐했는지, 우리 샘솔이도 보고 싶다고……"

시어머니는 손자를 상대로, 하지만 며느리 들으라고 또

박또박, 말씀이 길어졌다.

　아이 하나를 둘러싸고 모든 사람이 고통받는 시간이 석 달쯤 더 이어졌다. 그러던 어느 날, 겨울이 끝날 무렵, 회사 앞 플라타너스의 마지막 잎사귀가 떨어지는 것을 보며 이소율은 불현듯, 가뿐히 퇴사했다. 허전한 마음이 없지 않아 세어보니 입사한 지 12년 1개월 만이었다. 날이 좀 풀렸을 때 아파트값이 좀 싼, 시댁에서 멀찍이 떨어진 B동으로 이사 왔다.

＊

　아침 9시를 조금 넘긴 시각, 오샘솔은 자기 등보다 더 큰 가방을 메고 어린이집에 간다. 아이를 어린이집 안에 넣고 돌아선 다음 이소율은 잠시 망설이다 집에 들어가지 않고 밖으로 나온다. 아파트 단지 앞, 가로수길. 연둣빛 잎으로 상체를 가린 가느다랗고 하얀 자작나무들이 아름답게 뻗어 있고 그 사이로 청신한 가을바람이 분다. 퇴사한 이래 아이 없이 혼자 길을 걷는 것이 처음이다. 산책. 이 낱말이, 이 평범한 일이 대단히 의미심장한 사건처럼 여겨진다. 첫 등원이라 12시에 데리러 가야 한다. 정확히 2시간 29분의 자유. 이 자유를 갖고 뭘 할까. 그때 맞은편

커피숍이 눈에 들어온다.

이소율은 '모비딕'의 그 악명 높은 창가 자리에 앉는다. 좌석은 너무 비좁고 등받이는 딱딱한데다가 너무 낮다. 그럼에도 아이 없이 이렇게 집이 아닌 어떤 공간에 혼자 앉아 있는 느낌이, 황홀하다. 더치커피를 주문한 것은 오로지 특이한 이름 때문이다. 네덜란드인들이 긴 항해 중에 커피를 찬물에 오랜 시간 우려내 마시던 것에서 유래된, 말하자면 '네덜란드식 커피'라고 한다. 유리벽에 붙은 이런 글귀를 읽어가며, 완연한 가을, 입안으로 번지며 목구멍으로 넘어가는 싸늘한 더치커피의 맛이 싱그럽다. 커피 한 잔의 여유. 먼지 자욱한 골동품 더미 속에서 막 꺼내든 소중한 보물 같은 어구다. 하루 24시간 아이를 몸에 붙이고 살던 상태에서 해방된 것을 기념하기에 딱 좋은 알싸한 쾌감을 안겨준다. 이소율은 창밖을, 사람과 사물을 구경한다. 풍경. 큰길을 건너 몇 발짝만 가면 실제 아이를 볼 수 있음에도, 스마트폰에 저장된 아이의 사진과 동영상을 구경하는 기분이 묘하다. 화면 속에서 아이는 뒤뚱뒤뚱 걸음마를 하고 손가락을 빨며 혀짤배기소리를 한다. 아이 역시 '모비딕'에서는 풍경이다. 풍경을 완상하는 이 시간이 금쪽같다. 오직 이 순간만 그녀는 샘솔이 엄마도, 오형섭의 아내도, 박영숙의 며느리도 아닌 그저 하나의 인간이다.

그런데 이 인간이 암컷이다. 한 해가 저물기 직전, 이소율은 자신이 둘째를 임신했음을 알게 된다. 당황한 것은 남편 오형섭 쪽인데, 아내의 반응이 그에게는 참 당혹스럽다.

"생긴 걸 어떡해?"

이소율은 육안으로는 조금도 달라진 것이 없는 아랫배를 조심스레 어루만진다.

"벌써 심장 소리도 들리던데? 코끝이 찡해지더라."

"아니, 나는 너 힘들까 봐 그러지."

"어차피 일이 년 고생하면 되고 애 둘이면 어린이집도 거의 공짜야."

오형섭의 눈엔 아무래도 아내가 깊은 체념과 환멸 끝에 현실도피의 길을 택하는 것이 아닌가 싶다. 자신의 인생을 보채는 애 그냥 눕혀놓듯 물끄러미 쳐다보며 방치하는 것은 아닐까. 남편과 비슷한 생각을 이소율도 한다. 다시 직장으로 복귀하기가 무서워서, 그런 고민과 결단의 순간이 싫어서 둘째를 낳으려는 것일까. 그렇기에 더더욱 결론은 똑같다. 생긴 걸 어떡하나. 계속 생겨나도록 내버려둘 수밖에.

둘째 임신 소식에 시어머니는 난감함을, 숫제 못마땅함을 감추지 않는다. 모든 시어머니의 출두와 호출에 화두를 제공하는 저 악명 높은 김치에 밑반찬까지 가득 싣고 그녀가 직접 납시어주신다. 본의 아니게 고부지간으로 맺어진 오십대의 박영숙과 삼십대의 이소율 사이에는 볼썽사나운 대화가 오간다. 박영숙의 말은 한 푼의 에누리도 없이 매몰차다. 이소율은 순식간에 심문당하는 죄인의 입장을 자처하며 저도 모르게 변명조의 말을 늘어놓는다.

"그래도 혼자는 너무 외롭고 터울이 너무 지면 안 좋다니까요……"

모든 변명이 다 그렇듯 이소율의 말은 상투적이고 또 그래서 옹색하다.

"너도 정말 촌스럽다. 요즘 젊은 애들은 머리가 좋아서 나라에서 돈 대준다고 난리법석을 떨어도 하나만 낳는데. 부모 자식도 남인 세상에 형제자매는 오죽하겠어? 아니, 그리고 우리 형섭이가 무슨 수로 세 입을 먹여 살려?"

박영숙의 정곡을 찌르는 말에 이소율의 고개가 수그러진다. 이것은 있지도 않은 죄송한 마음을 표현하기 위해서가 아니라 부글부글 끓어오르는 분노에 절로 힘이 들어가는 양미간을 감추기 위해서다. 어딘가 주객이 전도된 것 같다. 땡전 한 푼 보태주지 않으면서 무작정 둘은 있어야 한다며 아들 내외의 성생활에 열심히 관여하는 촌스러운 시어머니와 하나도 버겁다는 생각에 각종 미사여구를 동원하며 출산을 거부하는 세련된 며느리가 나누는 일반적인 대화의 얄궂은 도치랄까.

"안 그래도 저도 애들 좀 키워놓고 다시 일을 하려고……"

이소율이 운을 떼기가 무섭게 박영숙은 태곳적부터 이 순간만을 기다렸다는 듯, 대뜸 말허리를 잘라먹고 우렁찬 대거리를 한다.

"아니, 네가 공무원이냐, 교사냐? 그렇다고 전문직도 아닌데 어디서 널 그렇게 얼씨구나 받아준다니? 그 좋은 자리 다 마다하고 어디서 고졸을…… 그것도 늙은 홀어머니에다가 친정도 변변찮은……"

박영숙은 자신의 웅변에 점차 감화되어 우아한 시어머니의 옷을 홀러덩, 아주 속옷까지 벗어던진다. 이소율은 그런 시어머니가 징그럽고 흉물스럽지만, 가당찮은 우아함의 뚜껑을 덮어쓴 것에 비하면 참 자유로워 보인다. 이 풍속화는 멀쩡한 두 여자를 고부관계로 엮어버린 한 남자의 등장으로 인해 새로운 국면을 맞이한다.

오형섭은 여느 때보다 좀 빨리 퇴근했는데, 아내를 놀

랠 양으로 일부러 미리 연락도 하지 않고 아이를 데리고 들어온 참이다.

"할머니!"

박영숙은 할머니를 반기는 손자가 너무 예쁘지만, 집에서 놀면서 아이 하원마저 남편한테 맡기는 며느리가 너무 밉다. 같은 여자로서, 또 가정주부로서 한심하기도 하다.

"우리 샘솔이, 잘 있었어? 샘솔이는 오늘 뭐했니?"

"주원이랑 놀고 보경이랑 놀고……"

"우리 샘솔이는 그렇게 바빴는데 엄마는 하루 종일 집에서 뭘 하시느라 싱크대가 저렇게 지저분할까? 아이구, 지지야, 이 먼지 좀 봐, 청소도 안 하시나 봐?"

집안에 들어서자마자 분위기를 파악한 오형섭이 끼어든다. 간만에 세 가족, 아니, 뱃속의 아이까지 네 가족이 오붓하게 외식이라도 할까, 하며 달뜬 마음으로 귀가했건만, 찬물 세례를 받은 기분이다.

"엄마, 요즘 소율이도 힘들어. 엄마도 여자면서 그런 것도 몰라줘? 너무하잖아, 정말."

아들의 호통이 너무 뜻밖이라 박영숙은 졸지에 할 말을 잊는다. 제 마누라 고생하는 것만 생각하지, 그렇게 세 아이를, 그것도 사내아이 셋을 낳고 키우느라 고생한 엄마는 어쩜 저리 안중에도 없나. 박영숙은 얼굴이 시뻘게지면서 화끈거린다. 분함보다는 어이없음이 먼저고, 그보다는 며느리 앞에서 창피한 것이 먼저다. 솔직히 난감하기론 이소율도 만만치 않다.

"어머니, 저녁은 어떻게, 고등어를 좀 구워볼까요?"

남편이라는 원군을 얻은 이소율의 우아한 말에 박영숙역시 우아한 시어머니의 덮개 밑으로 숨어들며 준비된 어구를 내뱉는다.

"아이쿠, 벌써 저녁 시간이구나. 저녁 약속 있는 걸 깜박했네. 샘솔아, 오늘은 할머니가 바빠서 그만 가봐야겠네. 주말에 할머니 집에 놀러 와라."

박영숙이 떠난 다음 이소율이 맡은 역할과 읊조려야 하는 대사 역시 낯 뜨겁다.

"어머니한테 왜 그런 말을 해? 솔직히 우리 샘솔이가너 닮을까 봐 진짜 겁난다. 좀 있다가 어머니한테 전화라도 드려. 샘솔아, 이것 좀 봐, 할머니가 맛있는 반찬 해오셨어."

무심결에 튀어나온 양식화된 말이지만 아닌 게 아니라삼십 년쯤 뒤 자신의 모습이 어렴풋이 그려진다. 과연 좋은 시어머니, 나쁜 시어머니는 없고 그냥 시어머니가 있을 따름이라는 말은 진리인가. 젊은 엄마들이 오직 아들을 낳았다는 이유로 나중에는 모두 그악한 시어머니로 탈

바꿈한다. '시어머니'라는 말 자체가 무슨 알레고리 같다.

인간관계의 한 양상

　1953년 6월 25일, 대한민국에 내전이 일어났다. 하고많은 전투 중 한 전투에서 한 청년이 사망했다. 그때 그의 앳된 신부의 뱃속에 생겨난 아이가 세상에 나와 무럭무럭 자라난 다음 결혼하여 세 아이를 낳았다. 그중 첫아이가 자라 한 여자와 결혼, 또 아이를 낳았다. 그 첫아이가 오형섭, 그 한 여자가 이소율, 또 그 아이가 오샘솔이었다. 그들에게 6월 6일은 국경일이 아니라 제삿날이었다. 구순에 가까워진 비운의 신부마저 몇 년 전에 사망했고 이 자리에 모인 자 중 고인의 얼굴을 아는 사람은 하나도 없었다. 요컨대, 각기 다른 세대의 사람들이 한자리에 모여 지금 이 자리에 없는 비운의 청년을 기억하고 추모하며 그로써 역사의 비극을 추체험하고 개인사를 보편사로 승화하는 데 참여한다. 하지만 이런 의식에서 울컥하는, 뿌듯한 감동도 잠시, 현충원 참배 역시 하고많은 시댁 일 중 하나일 뿐이다.

　6월 6일. 현충원 주변에는 꽃다발과 꽃바구니, 커피와 각종 찬 음료, 오징어와 쥐포, 찍찍대는 병아리와 새끼 오리와 햄스터가 즐비하다. 공식 행사가 끝난 뒤라 더욱 더 북적대고 시끌벅적하다. 오형섭은 국화꽃 한 다발을 산다.

"아빠 할아버지 무덤은 어디 있어?"

작년에도 던졌던 질문이지만 문형도 야무지고 발음과 억양도 한결 또록또록해졌다.

"아빠 할아버지는 무덤이 없어. 그래서 지금 저쪽으로 가는 거야."

'저쪽'이란 무덤조차 없는 자들의 위패를 모셔놓은 곳이다.

"저기 문 옆에 국군 아저씨 서 있는 거 보이지? 건준이 형아 보면 잘 놀 거지?"

이소율의 말이 끝나기가 무섭게 박영숙이 손자 이름을 부르며 달려온다. 이소율의 머릿속에서는 순식간에 출석부가 생성된다. 바로 밑의 동서는 남편과 아들만 보냈다. 시할아버지 제삿날이 따로 있는데 굳이 이 먼 데까지 올 필요는 없다고 판단했을 법하다. 그 아래, 즉 막내 동서는 붙여 보낼 아이가 없는 까닭에 남편만 보냈다. 임신 초기에 태반이 다소 전치라 위험하다는 얘기가 있었다.

출석부가 현저히 짧은 것을 확인하자 간밤, 아니, 지난

주부터 차곡차곡 쌓인 해묵은 체증이 확 가신다. 얼마나 기분이 좋은지, 두 시동생도 반갑고 시조카도 유난히 귀여워 보인다. 날씨는 또 어쩌면 이렇게 화창한지. 무고한 청춘의 살과 피와 넋을 얼마나 잘 빨아먹었는지, 무덤 위의 잔디는 눈이 시리도록 푸르다. 이소율은 결혼 첫해, 처음 현충원을 방문했을 때처럼 진정한 추모의 열의가 끓어오르는 것을 느낀다. 글재주가 조금만 있으면 비장한 역사소설도 거뜬히 쓸 것 같다.

분향소가 있는 건물의 안쪽은 어둡고 서늘하다. 대리석 벽에 빼곡히 들어찬 숫자 열과 이름의 밀림 속에서 기둥의 왼쪽 옆 두번째 판, 가로 118번째, 세로 117번째라는 좌표를 기억하여 오샘솔의 증조할아버지의 이름을 찾았다. 박영숙이 먼저 기도문을 읊조린다.

"하느님 아버지…… 할아버지, 우리 아이들이 이렇게 커서 혹을 하나씩 달고……"

여기에 다른 소리들이 섞여 든다. 추모 방식도 제각각이어서 각종 기독교와 불교와 유교와 무속신앙의 전시장 같다. 반쯤은 기도문, 반쯤은 제문, 반쯤은 넋두리다. 소주 냄새, 말린 문어 냄새, 향냄새, 촛불 타는 냄새가 자욱하다. 정작 대리석 위의 이름들은 그 대리석만큼이나 무심하다. 그 무심함에 감사하듯, 자신의 의무를 다함으로써 모종의 카타르시스를 맛본 추모객들은 암굴을 빠져나간다.

초여름의 눈부신 햇빛이 저들은 죽었고 나는 살아 있음을 축복해주는 듯하다. 죽음과 삶의 대비가 새삼스러운 가운데 박영숙의 눈에는 며느리의 볼록하고 탱탱한 배가 너무 위태로워 보인다. 면도날을 살짝 갖다 대기만 해도 잘 익은 수박처럼 쩍 갈라질 것 같다.

"티셔츠가 너무 붙는 거 아니냐? 뭐로 좀 가리든지……"

이 말을 냉큼 받는 건 조만간 아이 아빠가 될 막내아들이다.

"엄마도 참, 촌스럽게. 요즘은 일부러 붙는 옷 입고 만삭 사진도 찍잖아."

"아이고, 그래, 엄마는 촌스럽다. 딸을 못 낳아서."

말은 이렇지만 박영숙의 얼굴에는 희색이 가득하다. 아들 셋을 모조리 결혼시킨 다음엔 딸이 없어 아쉬운 마음도 있지만 이렇게 큼직하고 든든한 아들 셋을 옆에 끼고 있으니 세상에 아쉬울 것이 없다. 불참한 두 며느리에 대한 짜증도 금방 사라졌다. 손자 둘이 모두 옆에 있는 기쁨이 더 큰 까닭이다. 맏며느리의 둘째 임신 소식에는 대놓

고 성질을 냈지만, 막상 큰아들의 분신이 하나 더 나온다
니 저도 모르게 마음이 달뜬다. 며느리의 얼굴, 며느리의
팔다리, 며느리의 몸뚱어리는 아예 눈에 들어오지도 않
는다. 보이는 건 오직 며느리의 배, 정확히 그 뱃속에서
자라고 있는, 눈에 보이지 않는 자기 아들의 아이뿐이다.
더군다나 딸이라니! 지금껏 자식이든 손주든 한 번도 딸
아이를 안아본 적이 없었기에 더 설렌다. 오늘은 며느리
도 기분이 좋은지 발랄한 강아지처럼 살살댄다.

"어머니, 어디 가서 맛있는 거 먹어요."

"뭐 먹고 싶니? 임신했을 때는 좋은 걸 많이 먹어야 되
거든."

"엄마, 요즘은 임신했을 때부터 다이어트 하잖아. 애도
작게 낳아서 크게 키우려고 하고."

또 막내아들이 끼어든다.

"그래도 뭐든 먹어야지. 뭐 먹을까?"

그러자 둘째 아들이 어기적거리며 말문을 연다.

"엄마, 나 아침을 늦게 먹어서 배가 별로 안 고파. 또
건준이 엄마가 몸이 좀 안 좋대."

"아니, 걔는 하루 종일 집에만 있으면서 맨날 아프냐?
팽팽 놀기만 하니까 그렇지."

박영숙은 순식간에 자신의 언성이 높아지는 것을 의식

한다. 불충한 며느리를 너그러이 포용하는 성스러운 시어머니가 되기란 이다지도 어려운가. 그래도 금방 눈치를 채고는 스스로를 다잡는다.

"엄마가 아프다니까 우리 건준이는 얼른 엄마 보러 가야겠네? 할머니는 건준이랑 더 오래 놀고 싶은데. 건준이가 샘솔이랑 노는 것도 보고 싶은데……"

"엄마, 나도 지금 가야 되는데? 민서가 입덧이 너무 심해서."

막내아들은 아예 미안한 어조도 아니다. 하긴 그나마 주말에야 오붓한 시간을 보낼 수 있는 맞벌이 신혼부부다. 입덧 심한 아내를 내팽개쳐놓는 사위라면 당장 닦아세우지 않았겠나. 하지만 그게 아들이다 보니 세상이 다 대놓고 서운하다.

"아이고, 그래, 다 가라, 가! 너는 좋겠다, 둘째가 딸이라서."

아무리 자제해도 짜증이 치밀어 오르는 것은 막을 수 없고 애꿏은 화살은 또 며느리에게 꽂힌다.

"어, 형수님, 둘째는 딸이래요? 샘솔이한테는 남동생이 나을 텐데."

이건 둘째 아들의 말인데, 그냥 "좋겠네요!"라고 하든지 아니면 아예 없어도 될 뒷말을 붙인 것은 이 가족 모임을 어서 빨리 작파하고 싶기 때문이다. 다음 주에 지방 출장이 잡혀서 일주일 치 장도 봐둬야 하고 청소와 빨래도 거들어야 하고 이발도 해야 하고 심지어 수면과 휴식도 듬뿍 취해야 한다. 아들들, 손자들과 일분일초라도 더 같이 있고 싶은 엄마 마음을 모르지 않지만 도무지 시간이 없다.

"클 때야 동성이 좋지. 이것들 장가 보내놨더니, 일 년에 얼굴 몇 번이나 보냐, 어? 지들끼리 있으면 잘 지낼 걸, 남의 식구들이 껴갖곤."

뒷말은 혼잣말처럼 웅얼거린 것이지만 스스로 생각해도 참 얼토당토않은 말이다.

"엄마, 억울해하지 마. 딸 있으면 중간에서 이간질해서 더 나쁘대. 자, 그럼, 애들아, 삼촌은 그만 간다!"

말이 끝나기가 무섭게 막내아들은 차 속으로 들어가더니 고갯짓 한 번 하지 않고 휙 떠난다. 마누라의 심한 입덧이 소위 '먹는 입덧'이어서 주말마다 외식을 하거나 특이한 요리를 해서 갖다 바치는 중이다. 간만의 빨간 날, 얼른 짐을 챙겨서 1박2일 맛집 여행을 떠날 계획이다. 막내아들의 날쌘 행보에 둘째 아들도 제 아들을 챙겨 휙 내뺀다.

형만 한 아우 없다더니, 결국 박영숙 옆에 남은 것은 큰

아들뿐이다. 그리고 멀쩡한 집안의 귀한 딸이자 대졸자 며느리들 대신 부실한 친정에 고졸자인, 그런 주제에 또 애까지 덜컥 배어버린 맏며느리뿐이다.

다소 늦은 점심의 메뉴는 유황오리구이다.

"샘솔아, 오리고기 먹으면 키도 빨리 크고 힘도 엄청 세진다?"

"오리? 오리도 먹어?"

샘솔은 깜짝 놀란 표정을 짓더니 노래를 불러댄다.

"오리는 꽥꽥, 염소 매—애앰, 돼지는 꿀꿀, 소는 음매, 소는 음매~~"

"그래, 그 오리가 바로 이 오리야. 엄마가 지금까지 샘 솔이한테 오리도 한 번 안 사줬나 보네? 할머니 자주 만 나면 할머니가 맛있는 거 많이 사줄 텐데, 그치, 샘솔 아?"

샘솔은 할머니가 잘게 찢어주는 오리고기를 야금야금 잘 씹어 먹는다. 「곰 세 마리」도 부른다. 손만 까딱해도, 숨만 쉬어도 전부 예쁜 짓이다. 할머니의 자리에 앉은 그 녀가 이 모든 것을 예쁘게 봐주어야 한다는 강박관념에 사로잡힌 것인지도 모르겠다.

"엄마, 나 오줌!"

샘솔의 한마디에 손자 사랑이 극에 달한 박영숙이 얼른 나선다.

"우리 샘솔이가 쉬가 마렵구나. 휴대용 소변기 갖고 왔지? 샘솔이, 이리 온."

며느리 쪽은 쳐다보지도 않고 며느리가 내민 오줌통의 뚜껑을 열고 아이를 감싸 안으며 바지를 벗긴다. 그러나 지금껏 할머니의 성은을 가뭄의 단비처럼 받아 마시던 샘솔이 무슨 변덕이 났는지 별안간 버럭 소리를 지른다. 휴일 나들이에 신이 나서 여느 때보다 더 까불었던데다가 배까지 차자 급속도로 졸음이 쏟아진 것이다.

"싫어, 싫어! 엄마, 나 오줌!"

그런데도 박영숙은 고집을 굽히지 않고 오줌통을 샘솔의 고추 앞까지 갖다 대고 한 손으로 등을 쓰다듬으며 고추를 톡톡 건드린다.

"할머니가 옛날에 우리 샘솔이 기저귀도 다 갈아줬지? 자, 쉬, 쉬, 쉬."

그러나 샘솔은 오줌을 누기는커녕 엉엉 울음을 터뜨리며 가혹한 고문 기술자에게서 벗어나려고 몸부림친다. 그 와중에도 할머니의 손이 닿지 않도록 두 손으로 고추를 꼭 잡고 있다.

"싫어, 싫어, 엄마가 해줘! 엄마!"

이소율이 아이를 고통 속에 방치하는 독한 엄마의 역할과 버르장머리 없는 며느리의 역할 사이에서 망설이는 사이, 오형섭이 나선다.

"엄마, 왜 애를 울리고그래? 얘는 엄마 있으면 나도 찬밥이야."

사실이 그렇기 때문에 박영숙은 더 서러웠지만 당장은 부끄럽고 민망한 것이 먼저다. 일 년이 넘도록 밤잠까지 설쳐가며 키워주었더니 오리고기만도 못한 취급이다. 할머니의 억압에서 풀려난 샘솔은 쏜살같이 엄마의 품으로 안겨든다. 엄마의 목을 감아쥐고 서서 그동안 꼭 참아둔 오줌을 누는 아이의 얼굴로 의기양양하고 득의만만한 미소가 번진다. 고추까지 톡톡 털어준 다음에는 평온한 얼굴로 엄마 무릎에 앉아 가슴팍에 얼굴을 비벼댄다. 금방이라도 잠들 기세다.

"아휴, 여기 물김치가 왜 이리 짜니?"

박영숙이 투덜거린다. 짜증을 부채질하듯 맞은편 식탁에서는 중년 여성들이 수다를 떤다.

"왜, 한욱이는 원래 효자였잖아?" "우리 아들이야 지금도 그렇지만 며느리가 다 똑같지, 뭐. 손녀 얼굴 한번 보고 싶어도 며느리 눈치 보여서 갈 수가 있어야지." "그래, 며느리가 미우면 손주도 미워진다더라." "아니, 우리

며느리는 진짜로 못됐어. 천지도 모를 때는 나한테 맡기더니 어린이집 보낼 나이 되니까 지가 키운다고 싹 데려가더라고." "그래도 발라먹을 게 있으면 또 오잖아. 죽기 전까지 집을 갖고 있어야……"

박영숙은 괜히 자기가 얼굴이 화끈 달아오른다. 며느리들의 약아빠진, 때론 야비한 계산법이야말로 그네들의 시어머니들을 고스란히 모방한 것일 뿐인데. 저 시어머니들 수다 속의 며느리들이 삼십 년 뒤에는 수다 바깥의 시어머니들로 거듭나는 순환은, 과연, 불가피한가. 박영숙은 물김치의 짠 기운을 빼려고 냉수를 한 모금 들이켠다. 과거의 며느리이자 현재의 시어머니인 여자들이 눈에 들어온다. 점과 기미와 잡티를 태워낸 얼굴은 파리가 앉아도 미끄러질 만큼 광이 난다. 푸석하고 성긴 머리카락, 어설프게 집어놓은 눈꺼풀, 붓기 가득한 얼굴에서 무엇보다도 슬픈 것은 스러진 젊음을 향한 원한이다. 그것은 지독한 악취를, 시취를 풍긴다. 고개를 돌리자 시큼하고 짠 국물 김치가 박영숙을 위협한다.

한적하고 쾌적한 동네, 널찍한 아파트 한 채, 연금과 보험과 얼마간의 현금, 성당과 그것을 토대로 형성된 친목사회, 봉사활동과 골프, 낚시, 여행 등 취미활동…… 여기까지는 어지간히 갖추어졌다. 끝으로, 장가 간 아들 내외를 아랫집, 윗집에 끼고 옥신각신 정겹게 살며 "네 처한테 잘해라, 처가에 잘해라"라며 아들을 채근하는 너그러운 엄마. 이것이 박영숙이 꿈꾸었던 노년의 모습이다. 그 꿈이 후텁지근한 한여름 자반고등어 냄새를 풍기며 푹푹 썩어간다. 이 모든 것이 너무 진부하고 그래서 구리다.

이 모든 괴로움을 또다시

정은희가 서면 뒷골목, 누추한 여인숙에서 미숙아의 경련을 애달프게 지켜보고 있을 무렵, 이소율은 거의 그 못지않은 애달픈 마음으로 하루가 다르게 불러오는 배를 응시한다. 보통 둘째가 첫째보다 더 빨리 나온다는데 도무지 나올 기미가 없다. 예정일이 넘어가자 유도 분만 날짜가 잡힌다. 아직 나올 생각이 없는 아이를 억지로 세상에 나오게 하는 것은 참 윤리적이지 못하다. 아니, 애당초 생겨날지 말지, 존재할지 말지에 대한 생각이 전혀 없는, 숫제 생각이라는 것이 있을 수 없는 생명체를 만든다는 것 자체가 얼마나 비윤리적인가. 잡념이 들끓을수록 출산에 대한 공포도 커진다. 그게 뭔지 아니까 더 무섭다. 산통보다도 산통의 예감 때문에 까무러칠 것 같다.

집 앞, 9시를 조금 넘긴 시각임에도 공기가 푹푹 찌고 눈앞에서 아지랑이가 모락모락 올라오는 것 같다. 이국 땅에 옮겨놓은 자작나무도 힘없이 축 늘어졌다. 이소율은 오른손으로 아랫배를 받친 채 걸음을 뗀다. 자궁이 아래쪽에 있으니까 배가 아래에서 위로 불러 올라오는 것은 당연하다. 하지만 예정일이 사흘이나 지나자 위아래, 앞뒤도 분간할 수 없을 만큼 불룩해져 '남산'이라는 비유가 실감난다. 걸음을 옮길 때마다 허벅지와 둔부를 자극하는 저릿한 통증에 눈앞이 아찔하고 저절로 다리를 절룩댄다. 밑으로 내리누르는 힘도 무지막지하고 첫째 때는 없던 치골통과 꼬리뼈 통증도 짜증을 돋운다. '모비딕' 앞, 모르는 여자가 밑도 끝도 없이 대뜸, 넙죽 말을 건넨다.

"뱃속에 아기 있어요?"

모과처럼 커다랗고 뭉툭한 얼굴은 표면이 현무암처럼 울퉁불퉁하다. 은희정에게 이소율은 혼잣말하듯 대답한다.

"예. 나올 때가 됐는데 안 나오네요."

"병원 가서 힘주면 나와요."

은희정은 또박또박, 하지만 천기누설 하듯 조심스레 목소리를 조금씩 죽여가며 말한다. 그러고도 상대방이 이 귀한 충고를 따르지 않을까 봐 너무 걱정이 되어 한동안 이소율의 눈을 빤히 쳐다본다. 이소율은 또 그녀대로 커다랗고 울퉁불퉁한 모과 같은 얼굴을 응시한다. 얼핏 스칠 때는 몰랐지만, 이목구비가 뚜렷하고 눈이 커다랗고 눈매가 서글서글하다. 예쁜 눈 위로 기다란 속눈썹이 그늘처럼 드리워져 있다. 어딘가 포근하고도 서글픈 느낌 때문인지 언젠가 이 근처를 오가던 한 여자, 즉 정은희가 떠오른다. '모비딕' 창가에 앉아 더치커피를 마시면서 이소율은 이 두 여자에 대해 생각한다.

모과의 말이 계시였을까. 다음날, 즉 토요일 이른 아침, 이소율은 가랑이 사이, 안쪽 깊숙한 곳이 날카로운 송곳에 콕 찔린 것처럼 아프다. 짧은 순간, "으악!" 비명을 지를 만큼 격렬한 통증과 함께 뭔가가 터지는 것 같은 느낌이 잇따른다. 변기물 위에 갈색도 붉은색도 아닌 애매한 빛깔의 피딱지 혹은 작은 핏덩어리 같은 것이 떠 있다. 이슬이다. 이름은 이토록 영롱하지만 실상은 무척 텁텁하고 찜찜해 보인다. 그때부터 스멀스멀 기어 나오는 진통이 용케 견뎌지는 가운데, 이소율은 남편, 아이와 함께 마트에 간다.

"배는 안 아파? 장모님은 언제 오신대?"

오형섭의 신경은 모조리 아내의 배에 집중돼 있다.

"제주도 할머니 와?"

"응. 좀 있으면 샘솔이 동생이 세상에 나올 거야."

"정말?"

아이는 엄마의 팽팽한 배를 두들기며 까불댄다.

"엄마 병원 가 있는 동안 너는 아빠랑 있어야 해, 알았지?"

이소율 가족이 대화를 나누는 장면이 마침 장을 보러 온 변동림의 눈과 귀에 모자이크처럼 포착된다. 어딘가 어그러진, 풍속화 느낌의 풍경화다. 운신조차 힘들어 보이는 만삭의 임신부는 조연이나 단역에 더 잘 맞는데 어쩌다 그만 주연을 맡은 배우 같다. 오전 9시와 10시 사이, 오후 4시 전후, 조그만 사내아이를 걸리며 아파트 주변을 오가는 여자. '모비딕'의 불편한 창가 자리에 앉아 글 한 줄 쓰지 않아도 항상 자족적인 천재의식에 젖은 작가처럼 커피 한 잔을 음미하는 여자. 청승스럽고 궁상맞을 법하지만 어째 웃기지 않는 여자. 어찌 해도 여자처럼만 보이는 그런 여자. 그런 그녀가 둘째를 가졌음을 변동림도 슬슬 알아차렸다. 그때 그녀의 머릿속에 떠오른 이름은 버지니아 울프였다. 모든 것이 결핍이 아니라 잉여에서 비롯된 것은 아닐까. 행여 버지니아 울프에게 뭔가 결핍이 있었다면 모든 것이 너무 넘쳐났다는 그 결핍이 아니었을까.

변동림이 체리와 방울토마토가 가득 담긴 장바구니를 계산대에 올려놓을 때 김건우와 유서정이 마트 안으로 들어온다. 유서정이라면 금방 알아본다. 원래도 충분히 예뻤던 그녀의 얼굴에, 흡사 밀랍 인형에 생명을 불어넣은 것처럼, 화사하고 아름다운 생기가 반짝인다. 그렇다, 분명히 사랑이다. 유서정이 타주는 헤이즐넛라테를 좋아하는 변동림은 호기심이 동한다. 하지만 그녀 옆에 서 있는 저 남자는 당최 뭐냐. 두툼한 몸집에 팔다리는 짤막하고 큼직한 머리통 위에 낡아빠지고 후줄근한 청 재질의 벙거지를 덮어씌워놓았다. 과일 꾸러미를 안아 쥐고도 변동림은 계속 그를 살핀다. 저녁 시간에 얼핏 한두 번은 본 적이 있는 얼굴이다. 설마? 아니, 역시나 그런 듯하다. 저건 누가 봐도 연인의 느낌이다. 최근 변동림이 온라인과 오프라인을 통틀어 접한 뉴스 중 가장 황당하고 어이없는 뉴스다. 그 정도로 우리 번역가의 인생이 따분하고 또 그녀의 상상력이 빈한하다는 뜻이리라.

장을 봐 온 뒤 이소율은 방과 화장실을 계속 오가고 오형섭은 생닭을 다듬고 황기를 비롯한 여러 약재, 대추, 마늘을 준비한다. 푹 곤 닭으로 배를 채우는 동안에도 뭉근한 진통과 배설이 계속된다.

"괜찮겠어?"

"어차피 지금 가도 별수 없잖아."

남편의 염려에 심드렁하게 응수한 이소율은 계속 버티다가 양수가 터지자 병원으로 향한다. 산도가 열리고 아이가 내려오면서 예감 속에 안치되었던 진통이 거세진다. 언제부터인가 시야에서 사라진 정은희가 잠시 떠오른다. 지금쯤은 출산을 했을까. 친정에 간 걸까. 친정이 있기는 한 것일까. 정신도 온전치 못한 그녀는 그 고통을 어떻게 견딜까. 통증이 점점 더 심해지는 가운데 간호사와 조무사의 말이 귓전을 때린다.

"이 악물지 마세요, 이 상합니다. 대변본다는 생각으로 힘주시고요. 이제 의사 부릅니다."

분만이라는 장막극의 대단원에 등장한 의사는 임신부의 벌어진 다리 앞, 의자에 점잖게 앉는다.

"회음부 절개 들어갑니다. 따끔하실 수 있어요."

국소 마취를 했음에도, 날카로운 칼에 생식기의 살이 썰리는 느낌이 너무 생생하여 온몸에 소름이 오싹 돋는다. 역시 정신은 명징하다.

양수가 터지고 7시간쯤 지난 시각 0시 58분, 세 번에 걸쳐 뭔가가 질 밖으로 뭉텅 빠져나간다. 처음은 머리통, 두

번째는 어깨와 상체, 세번째는 엉덩이와 하체가 아닐까 추측한다. 이렇게 무통주사도 맞을 틈 없이 3.54킬로그램의 건강한 딸아이가 세상에 나온다. 인간이 자기 몸에서 일어나는 일에 대해 이토록 속수무책일 수 있음에 이소율은, 찰나의 순간이지만, 깊은 좌절을 맛본다. 피와 오로(惡露)를 뒤집어쓰고 오만상을 찡그린 채 울음을 터뜨린 아이는 신생아실로 옮겨진다.

이튿날 아침, 오형섭이 큰아이와 함께 입원실을 찾았을 때 이소율은 신생아에게 젖을 물리고 있다. 어미의 젖꼭지를 입에 꼭 물고 생존이란 단어도 모른 채 오직 생존에만 생존을 건 불그죽죽한 생명체가 경이롭거나 사랑스럽기보다는 그악해 보인다. 샘솔은 저 털 없는 새끼 원숭이한테 졸지에 엄마를 빼앗겼음을 실감하고 심한 충격을 받는다. 밤새도록 보지 못한 엄마의 품에 이상한 괴물이 안겨 있으니 분하고 서럽다. 입을 삐죽삐죽하던 아이는 그래도 울음을 터뜨리는 대신 큰 소리로 외친다.

"엄마, 그거 간호사 아줌마한테 줘버려!"

엄마와 아빠를 번갈아 쳐다보는 아이의 눈 속에는 좀처럼 어린아이 같지 않는 독기가 서린다. 이소율은 그 모든 괴로움을, 그 모든 즐거움과 함께, 다시, 어쩌면 더 혹독하게 시작해야 한다는 사실에 눈앞이 아득하고 가슴이 먹먹하다.

"샘솔이는 이제 오빠니까 동생한테 잘해야지."

이렇게 타일러보지만, 샘솔은 엉겁결에 마지못해 얻은 오빠의 자리가 정말 싫다.

"나 오빠 하기 싫은데? 오빠 하는 거 별로야!"

문장은 묘하게 일그러지고 샘솔의 짜증은 커져만 간다. 밤새도록 엄마를 그리워한 대가가 고작 이것이란 말인가. 그럴수록 샘솔은 엄마의 따뜻한 시선과 다정한 손길을 기다리지만 흉물스럽고 불그죽죽한 '동생' 녀석이 갑자기 울음을 터뜨린다. 엄마는 샘솔의 존재는 저리 내팽개치고 그리로 달려간다.

이소율은 갓난아이가 세상에 나온 신고식처럼 기저귀에 싸질러놓은 짙은 초록색의 묽은 똥을 치우느라 정신이 없다. 그 와중에 한 산모가 첫아이의 첫 똥을 봤을 때 어쩔 줄 몰라 저도 모르게 울음을 터뜨리는 장면이 스쳐간다. 그 산모가 2년 반쯤 전의 이소율이었다. 정녕, 이 모든 괴로움을 다시!

7장

움직임과 상상력

모비딕, 모비딕을 배반하다

우리가 처음 '모비딕'에 앉아 이런 얘기를 구상하고 한 자 한 자 써나가기 시작한 것은 2011년 봄이다. 그로부터 벌써 7년이 훌쩍 지났음에도 '모비딕'은 여전히 그 자리에 있다. 내부 인테리어가 바뀌긴 했다. 우선 주방이 확 트인 모양새로 홀 중앙에 떡하니 자리 잡았다. 벽 역시 원래의 따뜻하고 서정적인 분위기가 아니라 서늘한 회청색에 시멘트의 거칠고 투박한 질감을 그대로 살려놓았다. 썰렁하고 을씨년스러운 느낌을 완화하기 위해서인지 벽에 몇 점의 그림과 사진을 걸어놓았다. 하지만 그 역시 하나같이 서늘하고, 굳이 말하자면, 모던한 느낌이다. 안쪽 벽, 주방의 오른쪽에는 시커먼 철제로 된 싸늘한 느낌의 서가 겸 선반을 배치하고 반대편, 즉 주방의 왼편에는 이런 싸늘한 느낌을 보상하기 위해서인지 노랑, 연두, 보라 등 옅은 파스텔 톤의 긴 직사각형 철제 사물함을 배치했다. 홀에는 설렁탕이나 돼지국밥, 장터국밥을 파는 식당에서 흔히 볼 수 있는 직사각형의 철제 책상이 서 있다. 딱딱하고 날카로운 모서리가 살벌하고 검은색 철제 다리도 무자비해 보인다. 때 묻은 상아색 느낌의 시멘트를 발라놓은 천장은 위로 한정 없이 높이 뚫려 있다. 조명도 작고 둥근 백열등 몇 개에 의존하고 있어 어둠침침하다. 원래는 건조하고 무거운 도서관의 분위기를 염두에 둔 것도 같다. 하지만 결과적으론 아무리 봐도 국밥집을 연상시키는 썰렁한 재즈카페, 그래서 얄궂은 재즈카페 같다.

내부가 이렇게 달라졌음에도 '모비딕'의 유리벽은 여전하고, 그 앞에 놓인 불편한 좌석도 여전하다. 좁다란 테이블 위에는 여전히 올망졸망 다섯 개의 허브 화분이 놓여 있다. 로즈마리, 라벤더, 페퍼민트, 카모마일, 장미허브. 허브들 옆에는 예나 지금이나 '모비딕'의 명물인 더치커피 기구가 버티고 있다. 과연 터줏대감이다. 할머니의 손을 뿌리치고 마구 까불어대는 개구쟁이 꼬마, 두툼한 트렁크를 옆에 두고 공항버스를 기다리는 여행객, 출퇴근 길에 오늘의 패션을 점검하는 처녀 총각, 오전부터 느릿 느릿 걸음마 훈련을 하는 늙은 뇌졸중 환자 등 남녀노소 를 가리지 않고 다들 한 번쯤은 시선을 준다. 새카맣지만 왠지 영롱한 물방울이 천천히 떨어져 구불구불한 유리관 을 타고 흘러, 종내에는 엉덩이가 둥글고 넙적한 유리 항 아리에 짙은 갈색의 거품을 내며 고인다. 눈을 좀 떼고 안 쪽을 들여다보면 벽 깊숙이, 은근한 빛깔의 메뉴판이 붙 어 있다. 여전히 다양한 커피에 허브티가 덧붙었는데, 올 망졸망 다섯 개의 허브를 키워 만든 것이 아니라 외국에 서 수입해 온 것이다. 끝으로, 더치커피 기구 옆, 유리문 바로 옆에 고가의 새빨간 로스팅 기계가 자리 잡고 있다. 원래 주방에 있던 것을 밖으로 갖고 나온 것이다. 로스팅 기계의 연통은 유리문 위쪽, 유리벽에 새로 뚫은 구멍을 통해 바깥으로 빼놓았다. 자, 여기서 시작하자.

겨울의 끄트머리에 붙은 어느 봄날, 아침 8시가 지난 시각, 커피 볶는 냄새가 온 거리에 자욱하다. 버스와 자동 차의 매연을 덮을 만큼 강렬한 냄새와 열기를 뿜어낸다. 유리벽 안, 새빨간 기계 앞 테이블 위에 커피 잡지가 펼 쳐져 있다. 그 앞에 한 여자가 앉아 있다. 잡티 없는 하얀

얼굴에 섬세하고도 뚜렷한 이목구비가 돋보인다. 한창때
는 지났음에도 어딘가 미인도의 주인공이 화폭 바깥으로
살아 나온 것 같은 느낌이다. 그녀의 시선은 커피콩 볶는
기계와 잡지와 거리에 공평하게 머문다. 그동안 손님이
오면 자리에서 일어나 커피를 탄다. 메뉴는 대부분 따뜻
한 아메리카노, 그리고 갖고 나가는 손님이다. 커피콩 볶
는 냄새와 연기가 자욱한 '모비딕'의 풍경화 속에 미모의
바리스타가 앉아 있다. 어느덧 완연한 삼십대 중반이 된
유서정은 지금 '모비딕'의 사장이다. 그렇다면 원래의 모
비딕, 우리로 하여금 이 패치워크이자 퀼트 이불 같은 이
야기를 시작하도록 추동한 그는 어디로 갔을까.

 '모비딕'이 어느 정도 자리를 잡자 장년 모비딕은 자신
의 작품이 따분해진다. 평생 커피만 팔고 살 수는 없지 않
나. 그럼 뭘 하나. 생각이 우글거릴수록 더 따분해진다.
따분함을 달래려고 독서대에 얹히는 책을 바꿔본다. 『카
라마조프 가의 형제들』세 권을 꼼꼼히, 꾸준히 다 읽은
그는 새로운 투지에 불타 『안나 카레니나』를 펼친다. 나
쁘지 않다. 완독하는 데 시간도 많이 걸려 고맙다. 그다음
펼친 책은 그사이 변동림이 번역, 출간한 『죄와 벌』이다.
책이 두 권밖에 안 돼 아무리 공을 들여도 이내 끝나고 만

다. 워낙 박진감 넘치는 범죄소설인 탓도 있다. 내친김에 『몽테크리스토 백작』도 펼쳐든다. 역시, 길지만 너무 재미있어 금방 읽힌다. 그다음에는 최대한 많은 시간을 잡아먹을 것 같은 책을 고른다. 토마스 만의 『파우스트 박사』. 골라도 너무 제대로 골랐다. 결국 1권도 다 읽기 전, 모비딕은 책의 맨 뒷부분에 적힌 가격을 확인하며 폭발하고 만다.

"이 돈 줄 테니까 읽으라고 해도 못 읽겠어! 아니, 명색이 소설인데 어떻게 이렇게 지루할 수가 있냐?"

어느 날 오후 '모비딕'이 텅 비어 있을 때 사장 모비딕이 직원 유서정에게 한 말이다.

『파우스트 박사』를 집어던진 것이 모종의 계기가 됐을까. 모비딕은 수년 동안 몰아온 투박하고 시커먼 지프차를 팔아치운다. 그로써 그동안의 삶을 폐기처분할 수 있으리라고 생각할 만큼 바보는 아니다. 그저 그는 『참을 수 없는 존재의 가벼움』의 사비나처럼 배반을 꿈꿀 뿐이다. 지프차에 이어 집을 팔고 그다음, 팔 수 있는 것이라곤 '모비딕'밖에 없지만, 아직 팔기는 아까워 내부를 바꾼다. 원래 그는 건축학도였다. 이 점에서 그는 정녕, 두 편의 대표작을 읽었으므로 탐독한 것이나 다름없는 도스토예프스키의 후예다. 건축학에 별로 열의가 없다는 점, 그럼에도 그 영향은 조금 남아 있다는 점에서도 그렇다. 차도, 집도 다 팔아치운 모비딕은 『참을 수 없는 존재의 가벼움』을 읽지 않는 동안, 또 커피콩을 볶거나 커피 타는 일을 하지 않는 동안 모눈종이에 열심히 설계도를 그린다. 어지간한 수험생보다 더 열성이다. 2013년 겨울, 구정 연휴를 끼고 열흘간 대대적인 공사를 한 끝에 새 '모비딕'이 문을 연다. 앞서 소개했다시피 싸늘하고 야릇한 도서관의 모습으로 말이다.

"아직 공사 다 안 끝났어요?" 순전히 호기심에 찬 물음.

"왜 하셨어요, 이런 공사?" 대놓고 빈정대는 물음.

이런 반응에도 불구하고 모비딕은 새 '모비딕'에 만족한다. 자기 손으로 설계한 자기만의 공간, 커다란 창고를 향한 모비딕의 꿈이 실현된 것이다. 그 달뜸이 꽤 오래간다. 시나브로 메뉴판을 바꿔보고 올망졸망 허브 화분을 바꿔보고 머그컵을 몽땅 바꿔본다. 생두 깡통, 볶은 커피콩을 담는 봉지, 일회용 종이컵과 플라스틱 컵, 시럽, 냅킨도 바꿔본다. 미장센과 오브제에 변화가 생기는 동안 서가의 책도 바뀐다. 『파우스트 박사』에 얼마나 호되게 데었는지, 더 이상 소설이 없다. 대신 『이기적인 유전자』, 『총, 균, 쇠』, 『정의란 무엇인가』, 『사피엔스』, 『스티브 잡스』, 『유시민—어떻게 살 것인가』 같은 책이 꽂힌다. 음악도 바뀐다. 연일 빠르고 급박한 비트의 클럽 음악이 흐른다. 어딘가 학구적이고 서정적인 향기를 풍기는 장년 바리스타의 손끝과 몸짓에 예의 그 초연함과 느긋함 대신 신경질적이고 초조한 기색이 역력하다. 얼마 뒤 그는 중고차를 한 대 구입한다. 원래 갖고 있던 투박하고 못생긴 지프차와는 달리, 요염하고 관능적인 몸매의 다홍색 차다. 동시에 아침형 인간이 되어 일주일에 두세 번 아침마다 유서정과 함께 커피콩을 볶는다. 인수인계를 하는 동안에도 3시를 넘기기가 무섭게 어디론가 쌩쌩 떠난다. 평생 커피만 팔고 살 수는 없다고 투덜대던 그는 이제 새로운 문장에 꽂힌다.

"3월이 오기 전까지는 푹 쉬려고."

"5월이 오기 전까지는 푹 쉬려고."

"7월이 오기 전까지는 푹 쉬려고."

푹 쉰 다음에 무엇을 할지를 생각하지 못해, 무늬만 시를 흉내 낸 문장이 달력 뜯기듯 넘어간다. 이렇게 운율을 맞추며 9월, 10월, 11월의 어느 지점, 모비딕은 모비딕이길 멈춘다. 불현듯 떠난 그는 불현듯 또 나타나지만 이제는 '모비딕'을 스치는 일인일 뿐이다. 그 스스로 이런 식의 전략을 즐기듯 골프장과 도박장과 미술관과 박물관과 동물원과 수영장 등 역시나 일부러 운율을 맞춘 것처럼 세 글자짜리 공간만 오간다. 당최 머릿속에 무슨 생각이 든 것일까. 그 스스로도 잘 모를 수 있는데, 그건 애당초 아무 생각도 없기 때문일 확률이 제일 크다. 어떤 생각과 생각함으로부터 자유로워진 그야말로 또 다른 얘깃거리가 될 수 있겠다. 하지만 스치는 일인이 되었으니 우리도 그를 그냥 스쳐 보내자. 언젠가 그를 다시 호출할 수도 있으리라, 스치는 일인으로서.

다시, 스침들

아침 일찍 '모비딕'을 열고 커피콩을 볶는 미모의 바리스타. 과연 유서정은 오랫동안 꿈꾸던 커피숍의 사장으로 거듭났다. 아들딸 쌍둥이의 엄마이기도 한데, 여기서 우리의 벙거지 문청 김건우가 다시 등장한다. 유서정과 결혼할 당시 그는 결혼 비용의 대부분을 커피숍을 접수하는 데 썼다. 그리고 모비딕이 모비딕을 배반함으로써 탈각(脫却)의 순간을 맛보았듯, 비좁은 원룸을 벗어나 '모비딕' 맞은편 아파트에 아내와 두 아이를 위한 거처를 마련한다. 밑천이라곤 미모밖에 없는 커피 타는 처녀와 가난한 소설가 지망생에게 어떻게, 어디서 이런 거금이 나왔을까.

3장에 등장했던 가느다란 몸매와 가느다란 손가락의 체인스모커 김향안은 하나밖에 없는 자식의 결혼 비용을 대면서 어느덧 가장이 된 아들 옆에 붙어살 특권을 얻는다. 어차피 올 정년을 1년 앞당기고 아예 상경한 김향안은 아들의 집에서 버스로 다섯 정거장 떨어진 곳에 후줄근하지만 전망이 좋은 넓은 아파트를 하나 얻는다. 그녀는 은퇴 이후에 더 왕성한 연구와 집필 활동에 전념하는 훌륭한 학자지만 엄마로서는 여전히 애살맞고 잔소리 많은 아줌마이다. 덧붙여 이제는 여느 시어머니와 별반 다를 바 없는, 가령 박영숙처럼 딱히 좋을 것도, 나쁠 것도 없는 그냥 시어머니일 뿐이다. 아, 특이한 점이 있긴 하다. 여러분도 아시다시피, 그녀는 스무 살 이후 지금까지 임신과 수유의 기간이었던 2년을 빼면 단 하루도 빼먹지 않고 꾸준히 담배를 피워온 진정한 체인스모커다. 담뱃갑에 징그러운 사진이 여봐란듯 붙은 오늘날까지 담배를 향한 그녀의 드높은 지조를 꺾을 수 없다.

김향안은 며느리가 없는 시간에만 '모비딕'에 나와 있다. 손님처럼 한 귀퉁이에 처박혀 커피를 마시며 그녀가 정독하고 있는 것은 고리타분하게도 이상(李箱)의 「실화(失花)」이다. 동경행을 전후한 상황이 소설인지 수필인지영 헷갈릴 만큼 가공을 거치지 않은 채 소개된다. 그녀는 앞선 장에서 김건우가 했듯 몇 문장을 발췌하여 적어본다.

사람이 비밀이 없다는 것은 재산 없는 것처럼 가난하고 허전한 일이다.
한 개 요물(妖物)에게 부상(負傷)해서 죽는 것이 아니라 이십칠 세를 일기(一期)로 하는 불우의 천재가 되기 위하여 죽는 것이다.

아마 벌써 수십 번은 족히 더 읽고 베껴 썼을 문장이지만 여전히 새롭다. 지금 구상 중인 주제가 새롭기 때문이다. 하지만 이건 그녀의 달콤한 착각이고, 실은 그녀의 기억력이 현저히 감퇴했기 때문이다. 한복을 입은 이상의 사진을 처음 봤을 때 김향안은 향긋한 비누 냄새를 맡은 사춘기 소녀처럼 가슴이 콩닥거렸다. 이상은 항상 세련된 '모던 보이'로, 적어도 그런 것을 추구하는 모더니스트로 여겨져왔다. 그런데 한복 저고리를 차려입고 고름을 여민 모습에서 말쑥하고도 강단 있는 젊은 선비가 보였다. 무엇보다도, 그 모습이 너무 자연스러웠다. 평소에는 그도 한복을 즐겨 입었다고 한다. 거의 분열에 가까운 이런 괴리는 어디서 나오는 것인가. 이런 발견과 의문 역시 이십여 년 전에도 있었던 것인데 까맣게 잊고 이제야 새삼스레 달뜬다. 심지어 속기용 볼펜을 꼭꼭 눌러가며 공책에 써놓은 다음 김향안은 밖으로 나간다.

'모비딕' 건물의 귀퉁이, 두세 대의 담배를 연거푸 피워대는, 팔다리와 손가락이 길고 가는 늙은 여자. 그 옆, 멀찍이 떨어진 곳에서 마흔을 넘긴 또 다른 여자가 비슷한 몰골로 담배를 피우고 있다. 김향안과 변동림 모두 자신의 고독과 청승이 침해된 것이 못마땅해 불퉁한 표정으로 담배 연기를 내뿜는다. 하지만 동시에 요즘처럼 담배에 적대적인 시대에 꿋꿋이, 당당히 흡연하는 상대방(더욱이 같은 여자다!)에게 묘한 동류의식도 느낀다. 환갑은 거뜬히 넘겼을 것 같은데 너도? 또한 반대로, 늙수그레하긴 하지만 아직은 가임기 여성인 것 같은데 너도? 이런 식의 놀람과 감탄, 더불어 '쯧쯧' 하는 한심함이 환상적인 비율로 섞여 든다. 그렇게 두 여자는 담배를 피운 다음 암암리에, 어떤 묵계에 따라 약간의 시간 차를 두고 다시 커피숍 안으로 들어간다. 변동림은 순전히 자신의 흐름만 따르면 되지만, 며느리가 나타나기 전에 얼른 내빼야 하는 김향안은 시간이 별로 없다. 그녀의 아들은 어떤가.

김건우는 아내 유서정에게 시급 육천백 원씩 받으며 커

피를 탄다. 커피콩 섞는 일, 커피콩 볶는 일, 더치커피 내리는 일 등 자격증은 없지만 어지간한 바리스타 못지않은 커피 달인이 된 지 오래다. 커피숍 문을 여는 것은 유서정이지만 마감은 김건우의 몫이고 주말에도 쉬지 못한다. 그리하여 새로운 핑계거리! 그가 오랫동안 구상했던 '파우스트 박사의 오류'라는 제목의 소설, 그 관능적이고 건조한 소설을 쓰지 못하는 것은 바로 커피숍 경영 때문이다. 곧이어 더 멋진 핑계가 생긴다. 바로 아이다. 더욱이 자연임신임에도 뜻밖에, 이란성 쌍둥이 아들딸이 한꺼번에 나왔다. 엉성한 벙거지 문청은 졸지에 두 아이의 아빠로 거듭난다. 돈을 벌어 올 재간이, 혹은 그럴 마음이 없는 김건우는 사실상 2년 동안 가사와 육아에만 전념한다. 이 신성한 의무 앞에서 소설이란 그것을 쓴다는 생각만으로도, 그 한심함과 무익함 때문에, 죄스러운 것으로 여겨진다.

문제는 두 아이 모두 어린이집에 들어가면서부터다. 육아라는 튼튼한 도피처를 잃어버리자 김건우는 또다시 도망칠 궁리를 한다. 언젠가 변동림이 발가락 하나만 살짝 걸쳐놓고도 안락감을 만끽했던 바로 그 적(籍), 그것을 향한 아쉬움이 꿈틀거린다. 하지만 여전히, 아침에 등원시킨 두 아이를 오후 4시면 찾아와야 하고 수시로 때론 번갈아, 때론 함께 앓아눕는 아이들의 병간호를 도맡아야 한다. 결국 김건우는 돈을 받는 직장 대신 돈을 내야 하는 대학원에 입학한다. 그리하여, 반쯤은 마지못해 가업을 잇는 신세가 된다. 덩달아, 유서정은 벙거지 문청의 아리따운 뮤즈에서 꼬장꼬장한 원로 국문학자의 며느리이자 늦깎이 국문학도의 아내로 전락한다. 이 볼썽사나운 상황은, 그러나, 시어머니가 본인 연금의 일부를 손자 손녀의 양육비 조로 떼주는 덕분에 적당히 견뎌진다.

자, '모비딕'의 새로운 경영진 얘기를 끝으로 이제는 정리할 시간이다. 하지만 이야기가 자꾸 늘어지려고 한다. 가령, 이소율의 둘째 아이를 돌봐준 산후조리사 얘기를 풀어볼까 싶어 입이 근질근질, 손가락이 꿈틀꿈틀한다. 그녀는 앞서 변동림이 요가를 하던 피트니스 센터에서 열심히 러닝머신 위를 달리던 중년 여성이다. 이소율과 그녀는 세계관은 전혀 맞지 않지만 이해관계가 딱 맞아떨어져 무려 백 일이 넘는 시간을 한집안에서 호흡하는 극악한 사이가 된다. 한편, '모비딕'의 주방을 스쳐간 한 쌍의 청춘, 김건우가 질투했던 꽃미남 한기철과 봄꽃처럼 화사하고 발랄한 미녀 김찬양이 결혼하여 경기도 어느 한적한 곳에 신접살림을 차리는 이야기 역시 그 진부한 아기자기함 때문에 우리를 자극한다. 한 편의 『오만과 편견』, 『이성과 감성』, 『설득』이 될 유서정과 김건우의 청혼, 결혼 이야기를 확대해볼 수도 있겠다. 하지만 대하소설을 쓸 수 없을 바에는 주접은 그만 떨고 산뜻하고 가뿐하게 마감하자. 우리가 애초에 석 자의 이름 대신 모비딕이라고 불렀던 전(前) 사장이 마지막으로 한 번 더 소환되어야겠다.

*

　어느 초가을 오후, 장년 모비딕은 슈트 차림이다. 고급스러운 광택이 감도는 감색 정장, 가을 냄새가 물씬 나는 와인색 셔츠, 하지만 넥타이는 매지 않았고 셔츠의 맨 위쪽 단추는 풀어놓았다. 멋있다. 마흔 고개를 훌쩍 넘었지만 여전히 남자로서 매력이 있다. 그러면 뭐하나, 옆에 붙은 여자 하나 없는 것을. 어쩌면 바로 이 때문에 그는 끊임없이 배반에 배반을 거듭하는 자유로운 영혼처럼 보이는 것인지도 모르겠다. 그를 보면 언젠가 우리가 즐겨 들었던 팝송 한 곡이 떠오른다. 다이도, 「고마워」. 지금 '모비딕'에서 흘러나오는 노래와도 잘 맞는다. 소히, 「좋아」. 7년 전, 이 노래의 리듬과 뱃속 아이의 꿈틀거림이 뒤섞이는 가운데 두 낱말이 하나의 어구로 완성되었다. 움직임과 상상력. 뱃속에서 아이의 움직임을 느낄 때마다 상상력이 자극되었다. 무심코 쓰인 첫 메모에서 탈고까지 오랜 시간이 흘렀다. 흔히 창작의 고통을 산고에 비유한다. 그럴 만하다. 하지만 출산은 '산'의 완료가 '고'의 시작이지만 창작은 '산'과 함께 '고'는 끝이다. 안녕. 잘 가라. 잘살아라.

소설의 처음을 연 '모비딕'은 실제로 2010년 봄에 그 커피숍을 열었던, 지금은 나가고 없는 이전 사장의 특징을 많이 갖고 있지만 여러모로 '기법'에 가깝다. 2장, 정은희 이야기는 신문에 짧게 실린 실제 사건에서 시작되었다. 3장, 김건우의 메모는 도스토예프스키(『지하로부터의 수기』), 카뮈(『이방인』), 칸트의 메모, 니체(『차라투스트라는 이렇게 말했다』), 보르헤스(「꿈」)의 글에서 가져왔다. 4장,『라스콜리니코프(들), 망치를 들다』의 일부와 변동림의 악몽은 조이스 캐롤 오츠의『좀비』를 변형한 것이다. 변동림과 김향안은, 아시다시피, 이상의 아내가 갖고 있던 두 이름이다. 우리의 소설 속에서도 두 여자는 어딘가 짝패 같은 데가 있다. 이 소설의 작가와 모비딕 역시 그런가. 킨의「모두가 변하고 있어」가 배경음악으로 깔린다.

―오래 기다리셨죠?

　―음…… 작가님이 그동안 '모비딕'에 죽치고 앉아 쓰신 소설이 이런 거라니……

　―헐, 그래도 오랜만인데 덕담을 해주셔야죠.

　―덕담이라…… 글쎄, 작가님은 '모비딕'에서 여전히 진상 노릇을 하시는군요.

　―그래도 하루에 두세 잔은 마십니다.

　―이제 좀 뜨시지.

　―갈 데가 있어야 뜨죠.

　―일단 떠야지 갈 데가 있죠.

　―글쎄, 버티는 놈이 이깁니다.

　―아니, 뭘 그렇게 이기시려고?

　―글쎄, 시간이라고 해둘까요…… 그쪽은 요즘 뭐하시는지?

　―음…… 보통 교양 있는 지식인은 남의 사생활에 대해 그렇게 캐묻지 않잖습니까?

　―그게, 저는 교양 있는 지식인이 아니라서…… 그런데 얼마 전에 아래쪽 어금니가 빠지는 꿈을 꾸었어요. 그것도 정확히 왼쪽이고 두 개나 빠졌어요. 쏙 빠진 두 이빨의 감촉이며 이빨 빠진 잇몸 자리의 감촉이며, 심지어 비

릿한 피의 맛과 냄새며 모든 것이 너무 생생했어요. 보통 가까운 사람이 죽는 꿈이라면서요? 위쪽이면 친가, 아래쪽이면 외가. 혹은, 위쪽이면 손윗사람, 아래쪽이면 손아랫사람. 그런데 저는 원래 예지몽 같은 거 꾸는 사람이 아니거든요. 다 개꿈이지. 아무리 그래도 이게 워낙에 고약한 꿈이라고 하니 무섭더라고요. 꿈도 유효기간이 일주일이나 된다면서요? 천기누설이 될까 봐 참고 있다가 이제 열흘도 족히 지났으니까 말하는 거예요. 그러고 보니 흉몽이 아니라 길몽이었나 봐요. 소설 탈고할 꿈.

　—음, 바로 그래서 흉몽이었던 건 아닐까요, 하하? 안 그래도 저는 간밤에 송곳니가 흔들리는 꿈을 꾸었거든요. 금방 뽑힐 것처럼 흔들리는데 어째 용케도 붙어 있더라고요.

　—헐, 역시 모조리 다 개꿈이군요. 우리도 그만 꺼집시다.

어머니의 신체와 글쓰기의 기원에 관하여

─소설 『다시, 스침들』에 관한 몇 가지 단상들

김동식(문학평론가·인하대 한국어문학과 교수)

1. 어머니(들)의 신체 앞에서

김연경의 소설 『다시, 스침들』은 카페 모비딕에 드나들며 서로 스쳐 지나가는 사람들에 관한 이야기이다. 커피 전문점을 둘러싼 대도시의 일상적 풍경이 제시되고, 커피의 종류만큼이나 다양한 취향의 주체들에 관한 고현학(考現學)적인 묘사가 등장하고, 괴테·카뮈·보르헤스의 소설들로부터 임응식의 사진 「구직(求職)」(1953)에 이르기까지 다양한 텍스트들이 변형된 모습으로 작품 곳곳에 배치되어 있다.* 하지만 커피전문점의 공간성과 취향의 주체들과 다양한 텍스트들이 수렴되는 지점에는, 조금은 의외라고도 할 수 있을 터인데, 어머니의 신체가 가로놓여 있다. 소설 『다시, 스침들』이 보여주고 있는 어머니의 신체는, 뤼스 이리가레가 어머니의 신체를 두고 말한 바 있는 검은 대륙과 유사하다. 사회의 비가시적인 기체(基體)라는 의미에서, 그리고 남성적인 검열과 배제 아래에서 합당한 표상을 구성하지 못하고 있다는 의미에서, 어머니의 신체를 검은 대륙에 비유했을 터.** 실제로 인간의 생명이 만들어지는 순간, 하나의 신체가 생성되어가는 과정, 그리고 그 어떤 신체가 어머니가 되는 장면, 그것들은 사회의 근원적인 토대이지만 가시성의 영역은 아니었다. 비가시적인 침묵에 휩싸여 있는, 어머니의 신체로의 입구. 김연경의 소설 『다시, 스침들』은 우리가 보지 못했거나 보이지 않았던 어머니의 신체들에 관한 이야기이다.

---

* 소설 『다시, 스침들』에는 가슴에 구직이라는 팻말을 붙이고 벙거지 모자를 눌러쓴 남자가 등장한다. 이 인물은 널리 알려진 임웅식의 사진 「구직」을 참조한 것이다.

** 뤼스 이리가레, 「어머니와의 육체적 조우」, 『성적 차이와 페미니즘』, 권현정 편역, 공감, 1997, 259~267쪽 참조.

2. 공간화된 상징적 자궁 또는 카페 모비딕

앞에서도 말한 바 있지만, 소설 『다시, 스침들』의 주요한 등장인물들은 카페 모비딕을 드나든다. 공익요원인 김건우는 아메리카노를 마시며 장편소설을 구상하고, 두 살 된 남자아이와 갓 태어난 둘째 아이를 둔 가정주부 이소율은 더치라테를 마신다. 40세의 미혼 여성이자 러시아문학 박사인 변동림은 소설을 번역하며 헤이즐넛라테를, 3급 지적장애인인 정은희는 캐러멜 마키아토를, 오전 늦게 기상하는 모비딕의 사장은 에스프레소 콘파냐를 마신다.* 이들은 커피를 마시며 창밖을 보거나 책을 읽거나 번역을 하거나 소설 창작 메모를 하는 일들을 한다. 이들이 카페 모비딕으로 모여든 것은 커피에 대한 취향 때문일 것이다. 하지만 커피에 대한 취향을 넘어서는 그 어떤 무의식이 카페 모비딕을 감싸고 있다.

모비딕. 허먼 멜빌의 장편소설 제목이자 에이허브 선장의

---

* 그밖에도 모비딕의 직원으로서 커피를 만드는 유서정, 국문과 교수이자 체인스모커이며 김건우의 엄마인 김향안, 모비딕 바깥을 유령처럼 배회하는 은희정, 가슴에 구직이라는 팻말을 붙이고 벙거지 모자를 쓴 남자, 이소율과 정은희의 남편 등이 등장한다.

다리를 우걱 씹어 꿀꺽 삼켜버린 흰고래의 이름이다. 지금은 사라지고 없는 B동의 대로변, 구청 맞은편에 있는 커피숍의 이름이기도 하다. 실제로 '모비딕' 안에는 『모비딕』이 있다. 검은 표지에 두툼한 중량감이 돋보이는 펭귄클래식 원본인데, 실은 진짜 책이 아니라 책 모양의 목제 장식품이다.(9쪽)

널리 알려진 대로 『모비딕』은 허먼 멜빌의 장편소설이다. 하지만 카페 모비딕에는 멜빌의 소설책 『모비딕』이 없다. 다만 펭귄클래식 원본을 본따서 만든, "책 모양의 목제 장식품"이 있을 따름이다. 카페 모비딕이 에이허브 선장의 갈망이나 일등 항해사 스타벅의 이야기를 삭제 또는 봉인하고 있으며, 모비딕이라는 카페의 이름은 멜빌의 소설 『모비딕』과의 상징적 연관성이 결여된 기호임을 보여준다. 그렇다면 모비딕은 무엇일까. 소설 『모비딕』에 등장하는, 거대한 향유고래를 소환하는 기호에 불과하다. 약간의 공간성을 부여해서 카페 모비딕을 고래 뱃속의 시뮬라크르로 해석한다면, 카페 모비딕에서 커피를 마시는 것은 모비딕이라는 이름을 가진 고래의 뱃속에 들어앉은 것과 같다고 할 수 있다.

물방울이 천천히 떨어져 원두 가루 속으로 스며든다. 가느다란 목을 쓰다듬으며 방울방울 떨어진 커피 물이 내장처럼 꾸불꾸불한 유리관을 몇 바퀴씩 천천히 돈다. (······) 찬물에 우려낸 커피 방울이 잘록한 허리와 풍만한 둔부를 자랑하는 유리병을 채우는 시간. '모비딕'의 시간이다.(10~11쪽)

카페 모비딕의 장소성을 대변하는 또 다른 사물은 더치커피를 내리는 기구이다. 더치커피 기구에서 가느다란 목, 구불구불한 내장, 잘록한 허리와 풍만한 둔부를 환유적으로 읽어내는 시선에는, 카페 모비딕의 공간적 무의식이 투영되어 있다. 가느다란 목, 구불구불한 내장, 잘록한 허리와 풍만한 둔부를 가진 더치커피 기구는, 카페 모비딕이 여성적 신체를 상징적 또는 상상적으로 대변하는 장소라는 사실을 드러내고 있다. 로스팅된 커피원두가 여성의 성기와 형태적 유사성을 가지고 있음을 감안하는 일이 허용된다면, 카페 모비딕의 장소성이 여성적 신체 또는 어머니의 신체와 관련이 있음을 어렵지 않게 확인할 수 있다.

카페 모비딕이란 무엇인가. 사람이 들어앉아 있을 수 있는 거대한 고래 뱃속을 가지고 있는 여성적 신체의 공간. 달리 말하면, 모비딕은 공간화된 상징적 자궁이다. 따라서 카페 모비딕에서 커피를 마시는 일은, 커피에 대한 문화적 취향의 차원과 관련된다기보다는, 어머니의 신체 또는 상징적 자궁과의 관계를 상상적으로 복원하려는 무의식적 몸짓에 가깝다. 소설 『다시, 스침들』의 주요한 등장인물들이 카페 모비딕을 찾아서 드나드는 이유도 여기에 있을 터이다.

3. 착상(着床)과 착상(着想)

그렇다면 카페 모비딕에는 어떤 사람들이 드나드는 것일까. 모비딕에 자리를 잡고 취향에 따라 커피를 마시는 사람들로는 지적장애인 정은희, 가정주부 이소율, 번역가 변동림, 소설가 지망생 김건우가 있다. 정은희와 이소율은 모비딕을 드나드는 동안 임신을 한다. 임신 기간 동안에는 모비딕에 모습을 보이지 않다가, 출산 이후에 다시 모비딕을 찾아와 커피를 마신다. 변동림은 소설 번역을 위해서, 김건우는 장편소설 메모를 위해서, 규칙적으로 모비딕에 들러 커피를 마시며 글을 써나간다. 카페 모비딕을 드나드는 사람들은, 임신을 하거나 글을 쓰거나 한다. 그들에 의해서 카페 모비딕은 공간화된 상징적 자궁, 달리 말하면 착상(着床/着想)의 공간으로 나타난다.

카페 모비딕을 드나드는 동안 정은희와 이소율의 자궁에는 착상이 이루어졌다. 정은희는 3급 지적장애인이다. 십 년 전에 부산의 보육원을 나왔고, 봉제인형 공장에서 인형에 눈알 붙이는 일을 하고 있다. 그녀가 임신을 했고 부산에 가서 아이를 낳았다. 하지만 아이는 열병 끝에 숨을 거두었고 그녀는 죽은 아이를 안고 한 달을 돌아다녔다. 다시 봉제공장으로 돌아온 그녀가 모비딕에서 찾은 것은 캐러멜 마키아토였다. 이소율은 삼십대 초반의 가정주부이다. 여상을 졸업한 후 십 년 동안 그리고 결혼 초기까지는 회사를 다녔다. 첫아이의 육아를 시어머니에게 맡겼는데 육아 방식에서 이견이 불거졌고, 결국에는 회사를 사직하고 2년 동안 육아에 전념했다. 아이를 어린이집에 보내고 남는 시간 동안 모비딕에 와서 더치커피를 마셨는데 그 와중에 그녀의 자궁에 둘째 아이가 착상되었다. 둘째 아이를 출산한 이후에 그녀는 모비딕에 다시 들러 더치커피를 주문한다.

반면에 변동림과 김건우는 모비딕의 커피를 마시며 글쓰기와 관련된 착상을 한다. 변동림은 나이 마흔의 미혼 여성이며 러시아문학 박사이다. 카페 모비딕에서는 헤이즐넛라테를 마시며 『죄와 벌』을 패러디한 작품인 『라스콜니코프(들), 망치를 들다』를 번역한다. 하지만 과도한

성적인 묘사와 생체 실험적인 장면을 어떻게 번역할지 골머리를 싸매고 있다. 외설적이고 폭력적인 장면들을 번역에서 제외해도 좋겠는가라는 메일을 원저자에게 보냈지만, 아직 답신이 없다. 김건우는 서른이 넘은 나이에 구청 부근의 어린이집에서 공익요원으로 근무하고 있다. 소설가 지망생인 그는 '파우스트 박사의 오류'라는 제목의 장편소설을 구상 중인데, 모비딕에서 연한 아메리카노를 마시며 다음과 같은 소설 창작 메모를 작성하곤 한다. "돼지는 목뼈의 구조상 목을 쳐들 수 없고, 그래서 하늘을 쳐다볼 수 없다. 하지만 나는 목을 쳐들 수 있고, 그래서 하늘을 쳐다볼 수 있다. 나는 돼지가 아니라 인간이다."(157쪽)

카페 모비딕에서는 착상(着床)을 한 사람들과 착상(着想)을 하는 사람들이 드나들면서 서로를 스쳐 지나간다. 카페 모비딕은 자궁에 착상(着床)을 한 여인들에게는 아이의 집[子宮]이었고, 번역 문구와 소설 구절을 찾기 위해 착상(着想)을 거듭하는 사람들에게는 글자의 집[字宮]이었던 것. 모비딕이라는 이름의 공간화된 상징적 자궁에는, 수태와 글쓰기가 공존하고 있다.

4. 수태-출산과 글쓰기의 잠재적 공존

카페 모비딕에서는 무슨 일이 있었던가. 착상을 한 여인들과 착상을 거듭하는 글쟁이들이 모여든 것 말고는 별다른 일이 없었던 것일까. 그렇지는 않을 것이다. 소설 『다시, 스침들』에 의하면, 정은희와 이소율의 수태와 출산은 글쓰기의 근원적인 장면들과 내밀하게 관련되고, 변동림과 김건우의 글쓰기는 출산(과 양육)의 상징성으로 이어진다. 수태-출산과 글쓰기의 겹쳐짐은, 모비딕의 장소성 또는 상징적 자궁으로서의 모비딕이 연출하는 근원적인 풍경이기도 하다.

"커피 주세요"라고 말할 때마다 뱃속의 고래는 조금씩 더 커진다. 고래가 꿈틀할 때마다 배가 좌우로, 위아래로 출렁인다. 스카이콩콩을 탈 때처럼, 줄넘기를 할 때처럼 배 한쪽이 리듬을 탄다. 뱃속의 고래가 불끈 솟아올라 배의 모양이 일그러진다. 재활원의 작은 텔레비전 속 화면이 재생된다. 그제야 정은희는 뭔가가 생각났고, 문장 하나가 기다렸다는 듯 튀어나왔다.

"바다 가자."(40~41쪽)

지적장애를 앓고 있는 정은희의 경우 자신의 사고나 감정을 표현하는 일이 거의 없다. 봉제공장에서 묵묵히 인형의 눈알을 붙이고 있었을 따름이다. 하지만 수태를 한 그녀는 자신의 몸에 대해 말하고 상상하는 주체로 변모한다. 그녀는 태아가 움직일 때마다 모양이 달라지는 배〔腹〕를 보면서, 자신의 몸속에서 고래가 자라고 있다고 생각(상상)한다. 그리고 말을 한다. "고래 바다 살아. 바다 가자. 고래 나와. 바다 가자."(41쪽) 정은희의 말은 어떻게 해서 만들어진 것일까. 그녀의 자궁 속에서 태아는 움직이며 자궁 내벽을 건드린다. 그녀는 자궁 내벽을 건드리는 태아의 움직임을 언어로 전환하고 있다. 정은희의 말은, 태아의 움직임이 자궁 내벽을 종이〔紙〕 삼아서 이루어지는 글쓰기와 상동적이라는 사실에 대한 승인이다. 달리 말하면, 자궁 내벽을 건드리는 태아의 움직임이란 어머니의 신체 내부에서 생성되고 있는 글쓰기에 해당한다는 것을, 정은희의 말들이 보여주고 있는 것이다. 자궁 내벽을 건드리는 태아의 움직임 또는 어머니적인 신체 내부에서 이루어지는 근원적인 글쓰기. 정은희는 자궁 내부에 태아의 움직임과 함께 글쓰기의 기원이 잠재적으로 공존하고 있음을 보여준다.

　이소율은 전형적인 경력단절형 주부의 길을 걷고 있다.

그녀의 시어머니는 한국전쟁 때 전사해서 현충원에 안치된 오형섭(이소율의 남편)의 할아버지 묘소에 손자를 데리고 가서 참배를 한다. 국가의 역사에 그리고 가부장의 계보에 이소율의 아이를 입적시킨 셈이다. 생물학적 재생산의 회로 바깥에 자신을 두고 싶어 하지만, 덜컥 둘째 아이를 수태하면서 결과적으로는 재생산의 회로를 반복하게 된 여성. 이 과정에서 이소율은 커피와 함께 자신의 침묵을 형성한다. 번역가 변동림은 커피와 함께 만들어지는 이소율의 침묵을 두고 다음과 같이 말한 바 있다. "'모비 딕'의 불편한 창가 자리에 앉아 글 한 줄 쓰지 않아도 항상 자족적인 천재의식에 젖은 작가처럼 커피 한 잔을 음미하는 여자."(204쪽) 이소율에게 커피를 마시는 일이 글쓰기에 해당한다면, 그녀는 어떠한 글을 쓰고 있었던 것일까. "오직 이 순간만 그녀는 샘솔이 엄마도, 오형섭의 아내도, 박영숙의 며느리도 아닌 그저 하나의 인간이다." (184~185쪽) 이소율에게 커피를 마시는 일은, 자신에게 부여된 전형적인 기호들(엄마, 아내, 며느리)을 지워나가면서 자신의 신체성(그저 하나의 인간)을 확인하고자 하는 몸짓이었던 것이다. 누구의 아내, 엄마, 며느리라는 수없이 반복된 이야기를 반복하지 않으려는 침묵. 글쓰기의 반복 가능성에 휘말리면서도, 반복에서 벗어난 글쓰기의 가능성을 찾아 나서는 작가와 어딘지 모르게 닮아 있다. 아마도 번역가 변동림이 이소율에게서 작가의 면모를 발견한 것은, 이러한 측면과 관련이 있을 것이다.

싫든 좋든 그를 거두는 것이 번역가의 소임처럼 여겨진다. 원저자, 즉 작가 옆에 붙어 있는 그림자처럼 쓸쓸한 존재, 불모이자 불임의 번역가, 그리고 신으로부터 철저히 버림받은, 이제는 자신의 창조주이자 아버지마저 떠나버리고 그야말로 소설 속에 홀로 남은 사생아. 둘은 어딘가 짝이 잘 맞는(그러니까 잘 맞지 않는!) 부부 같은 데가 있다. 자리에서 일어났을 때는 몸과 마음이 모두 가뿐하다. (141쪽)

변동림은 결혼이나 출산과 관련된 생물학적 재생산의 회로 바깥에 위치하고 있다. 대학에 교수 자리를 잡는 일도, 아이를 낳는 일도, 어느 정도는 포기한 상태에 있다. 그녀는 카페 모비딕에 앉아 『라스콜니코프(들), 망치를 들다』의 잔인하고 외설적인 묘사들을 한국어로 옮기는 과정에서 애를 먹고 있다. 지나치게 외설적이거나 잔인한 대목들을 삭제하거나 완화시킬 수 있는 방법을 찾고 있다. 원작자에게 메일을 보내지만 답변이 없다. 나중에 알게 된 것이지만 원작자는 사망했고 번역본이 출간되기를 고대했다는, 주변 지인의 답변을 받게 된다. 어떻게 할 것인가. 이 지점에서 그녀는 원작자(아버지), 번역자(어머니), 소설의 등장인물(사생아)이라는 유비의 구조를 구축한다. 그리고 자신을 번역자이자 어머니인 자리에, 달리 말하면 소설 속에 홀로 남은 사생아(등장인물)를 낳고 돌보는 어머니의 자리에 위치시킨다. 번역-글쓰기란 상징적인 어머니 되기의 과정이었던 것.

그렇다면 생물학적으로 출산이 불가능한 김건우는 어떠할까. 카페 모비딕에서 소설을 위한 메모를 끄적이던, 그는 소설을 완성했을까. 후일담처럼 제시되어 있는 김건우의 삶을 잠시 살펴보자.

그가 오랫동안 구상했던 '파우스트 박사의 오류'라는 제목의 소설, 그 관능적이고 건조한 소설을 쓰지 못하는 것은 바로 커피숍 경영 때문이다. 곧이어 더 멋진 핑계가 생긴다. 바로 아이다. 더욱이 자연임신임에도 뜻밖에, 이란성 쌍둥이 아들딸이 한꺼번에 나왔다. 엉성한 벙거지 문청은 졸지에 두 아이의 아빠로 거듭난다. 돈을 벌어 올 재간이, 혹은 그럴 마음이 없는 김건우는 사실상 2년 동안 가사와 육아에만 전념한다. 이 신성한 의무 앞에서 소설이란 그것을 쓴다는 생각만으로도, 그 한심함과 무익함 때문에, 죄스러운 것으로 여

겨진다. (222쪽)

　공익요원을 마친 김건우는 모비딕의 여직원 유서정과 결혼을 해서 이란성 쌍둥이를 낳았고 어머니 김향안의 재정적 도움을 받아 카페 모비딕을 인수했다. 모비딕의 경영은 아내에게 맡겼고 정작 자신은 아이들의 양육을 위해 모든 노력과 시간을 쏟아부었다. 결국, 오래도록 구상해 왔던 소설 『파우스트 박사의 오류』는 써지지 않았다. 소설을 쓰는 대신에 아이를 길렀다는 것. 왜 이런 일이 벌어졌을까. 국문과 교수이자 체인스모커인, 그의 어머니 김향안과 관련이 있다. 김향안은 그토록 좋아하는 담배를 2년간 끊은 적이 있는데, 바로 그 2년 동안이 김건우를 낳고 기르는 기간이었다. 그 이후에 김향안은, 아들 김건우의 표현처럼 "엄마의 배역을 벗어던진 저 여자"(84쪽)로 되돌아갔다. 어머니란 모성적 본능이 아니라 배역 내지 역할이라는 사실을, 자신의 어머니로부터 배웠던 셈이다. 달리 말하면 김향안이 담배를 끊고 어머니라는 배역을 떠맡았던 것처럼, 김건우 또한 소설을 중단하고 어머니의 배역을 떠맡은 것. 김건우의 육아는, 어머니의 신체와 자기 자신이 맺었던 원초적인 관계를 반복하고 있는 것이다. 어머니라는 배역(역할)은 소설 쓰기의 기원이다. 육아(어머니 배역)의 신성함은 이 지점에서 생겨난다. 적어도 김건우에게는 그러했다는 것.

5. 자궁 내부의 움직임과 원초적인 글쓰기

김연경의 소설 『다시, 스침들』은 무엇을 보여주고 싶었던 것일까. 분량에 비해 상당히 많은 이야기들이 배치되어 있고, 여러 인물들이 자신들의 상황과 내면을 보여주고 있는 작품이기에, 『다시, 스침들』에 투영된 텍스트의 무의식을 명확하게 말하기란 무척이나 곤란한 일이다. 다만 『다시, 스침들』이 어머니의 신체와 글쓰기가 잠재적으로 공존하는 장면을 향해 나아가고 있다는 점은 어느 정도 분명해 보인다. 우리들의 신체가 형성되는 장소이자 우리의 신체가 체류했던 최초의 집인 상징적 자궁에 대한 문학적 형상화. 『다시, 스침들』을 통해서 작가는 이렇게 말하고 있는 것 같다. 글쓰기는 상징적인 자궁에서 기원하며 상징적 자궁으로의 복귀를 욕망한다. 모든 태아는 자궁-내부의-움직임을 통해서 원초적인 글쓰기를 수행한다. 글쓰기는 자궁 내부에 있었던 움직임=글쓰기를 상상적으로 반복하거나 상징적으로 재현하고자 한다. 『다시, 스침들』의 주요한 인물들 또한 어머니의 신체와 자기 자신이 맺었던 원초적인 관계를 회복하기 위해 공간화된 상징적 자궁인 카페 모비딕으로 모여들었던 것이리라. 어쩌면 작가 김연경은 자궁 내부의 움직임을 근원적인 글쓰기로 감각하는 상상력을 통해서 어머니의 신체와 우리의 신체 사이의 관계를 말해줄 수 있는 말과 문장들을 발견하고자 했던 것은 아니었을까. 다만, 그렇게 짐작해볼 따름이다.

다시, 스침들
ⓒ 김연경

1판 1쇄 발행		2018년 9월 15일
지은이		김연경
펴낸이		정홍수
편집		김현숙 이진선
펴낸곳		(주)도서출판 강
출판등록		2000년 8월 9일(제2000-185호)
주소		서울시 마포구 동교로 17안길 21 (우 04002)
전화		02-325-9566
팩시밀리		02-325-8486
전자우편		gangpub@hanmail.net

값 14,000원
ISBN 978-89-8218-233-4   03810

이 도서의 국립중앙도서관 출판예정도서목록(CIP)은 서지정보유통지원시스템 홈페이지
(http://seoji.nl.go.kr)와 국가자료공동목록시스템(http://www.nl.go.kr/kolisnet)에서 이용하실 수
있습니다.(CIP제어번호: CIP2018027787)

* 잘못 만들어진 책은 구입처에서 교환해드립니다.